Reconciliación

Helen Bianchin

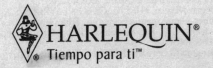

HARLEQUIN®
Tiempo para ti™

NOVELAS CON CORAZÓN

Editado por HARLEQUIN IBÉRICA, S.A.
Hermosilla, 21
28001 Madrid

I.S.B.N.: 84-396-9366-4
Depósito legal: B-8315-2002
Editor responsable: M. T. Villar
Diseño cubierta: María J. Velasco Juez
Fotomecánica: PREIMPRESIÓN 2000
C/. Matilde Hernández, 34. 28019 Madrid
Impresión y encuadernación: LITOGRAFÍA ROSÉS, S.A.
C/. Energía, 11. 08850 Gavá (Barcelona)
Fecha impresión Argentina:20.1.03
Distribuidor exclusivo para España: LOGISTA
Distribuidor para México: PUBLICACIONES SAYROLS, S.A. DE C.V.
Distribuidores para Argentina: interior, BERTRAN, S.A.C. Vélez
Sársfield, 1950. Cap. Fed./ Buenos Aires y Gran Buenos Aires,
VACCARO SÁNCHEZ y Cía, S.A.
Distribuidor para Chile: DISTRIBUIDORA ALFA, S.A.

Capítulo 1

KATRINA sintió que se quedaba sin aliento al exclamar incrédula:

–¡No puede ser verdad!

Tenía que ser una broma. Una broma de muy mal gusto. Lo malo era que los abogados no tenían la costumbre de gastar bromas durante una consulta profesional.

–¡Dios mío! –exclamó, irreverente–. ¡Es verdad!

El hombre que estaba sentado al otro lado del imponente escritorio de caoba se encogió de hombros.

–Tu padre expresó preocupación por las dificultades que pudieran surgir.

«¿Dificultades?»; esa no era la palabra que mejor describía la horrible situación en la que quería meterla.

Desde luego, no se trataba de algo nuevo. Tres divorcios paternos, dos esposas intrigantes y dos hijos tan poco limpios como sus madres. Nadie podía decir que su vida no hubiera sido interesante, pensó Katrina.

Durante sus estudios, se había librado de todos ellos gracias al internado. Sin embargo, las vacaciones en casa habían sido como estar en el infierno. La vida cotidiana había sido una lucha constante; una guerra emocional interminable que se enmascaraba bajo una fachada de perfección.

Afortunadamente, ella siempre había sido la favorita de su padre. La niña mimada. Una espina clavada para su segunda y tercera esposas y sus respectivos hijos de matrimonios anteriores.

Con respecto a los negocios, la situación familiar no la había desanimado, en lugar de eso, le había hecho desear con más fuerza convertirse en una heredera capacitada del gran imperio.

Para gran placer y deleite del hombre que había sido su padre.

Ahora, ese mismo hombre, desde la tumba, tenía todas las intenciones de resucitar una parte de su vida que deseaba olvidar a toda costa.

Katrina le lanzó al abogado una mirada penetrante.

—No puede hacerme esto —negó con firmeza, intentando ocultar el pánico que estaba empezando a invadirla.

—Tu padre solo quería lo mejor para ti.

—¿Haciendo que los términos de su testamento quedaran supeditados a que yo me reconciliara con mi ex marido? —preguntó muy enfadada. ¡Eso era ridículo!

—Tengo entendido que todavía no se ha formalizado el divorcio.

Su desesperación estaba llegando al límite. No había tenido tiempo de arreglar ese asunto y tampoco había recibido los papeles por parte de Nicos.

—No tengo la menor intención de permitir que Nicos Kasoulis vuelva a mi vida.

Nicos había nacido en Grecia, pero había emigrado con sus padres a Australia cuando era muy pequeño. Había estudiado varias carreras. Después, entró en la industria de la tecnología al heredar los negocios de su padre cuando este y su madre murieron en un accidente de avión.

Katrina lo conoció en una fiesta y la atracción entre ellos fue instantánea. Tres meses después se casaron.

—Kevin lo nombró albacea de la herencia —dijo el abogado—. Poco antes de su muerte, tu padre también lo nombró consejero delegado de Macbride.

¿Por qué nadie se lo había comunicado? Ella tenía un puesto de responsabilidad en Macbride. Su padre no había sido justo al no decirle nada a ella.

—Voy a impugnar el testamento.

Su padre no podía estar haciéndole eso.

—Las condiciones son irrefutables —repitió el abogado con amabilidad—. Cada una de la ex mujeres de tu padre recibirá una suma específica y una cantidad anual que les bastará para mantener un buen nivel de vida junto con la residencia que obtuvieron tras el divorcio. Hay algunas donaciones a la caridad; pero el resto de la propiedad se divide en tres partes iguales: una para Nicos, otra para ti, y la tercera para tus hijos. Hay una cláusula —continuó—, que os obliga a Nicos y a ti a volver a residir juntos durante al menos un año.

¿Conocería Nicos Kasoulis esas condiciones cuando asistió al funeral de su padre hacía menos de una semana?

No cabía la menor duda, pensó Katrina. Recordó

la manera en la que había permanecido de pie como un simple observador y la manera impersonal en que le había tomado la mano y le había rozado la mejilla con un beso. Cuando todo acabó, murmuró unas cuantas palabras de pésame y con educación declinó la invitación para asistir al refrigerio que iba a tener lugar en el hogar de Kevin Macbride.

–¿Qué pasaría si decido no cumplir con las instrucciones de mi padre?

–Nicos Kasoulis se quedaría con el control de la compañía.

No podía creerlo, no podía aceptar que Kevin hubiera llegado tan lejos para satisfacer sus deseos, para hacer que su hija se reconciliara con el hombre que él había considerado idóneo para ella.

–Esto es ridículo –espetó Katrina. Ella era la única heredera del imperio Macbride. Y no se trataba solo de dinero... ni tampoco tenía nada que ver con los ladrillos y el cemento, con las acciones y los bonos.

Se trataba de lo que todo eso representaba.

Un joven irlandés de Tullamore que con solo quince años se había marchado a Australia para comenzar una nueva vida en Sidney como obrero de la construcción. A la edad de veintiún años, levantó su propia empresa y consiguió su primer millón. Cuando llegó a los treinta ya era reconocido y admirado por todos. Eligió esposa entre las mejores mujeres solteras de Sidney y enseguida tuvo una hija. Después empezó a pasar de un matrimonio a otro como el que cambia de coche. «Un adorable pícaro», había dicho su madre cuando ya lo había perdonado.

Para Katrina había sido el mejor. Un hombre alto de pelo negro cuya risa le salía de lo más profundo y llenaba el aire de un sonido estrepitoso. Alguien que la tomaba en sus brazos y le frotaba la mejilla contra el cabello rubio, que le contaba historias que le hubieran encantado a las propias hadas y que la quería de manera incondicional

Desde muy joven, ella había jugado al Monopoly con su reino, sentada en sus rodillas, absorbiendo todos los detalles sobre los negocios que él quería contarle. Durante las vacaciones, solía acompañarle a las obras, con su propio casco, y había tenido la oportunidad de decir palabrotas igual que cualquier tipo duro, aunque solo mentalmente. Porque si Kevin hubiera escuchado salir de sus labios alguna palabra mal sonante, por pequeña que fuera, no la habría llevado a visitar ninguna otra obra.

Algo que le hubiera dolido más que cualquier reprimenda, porque había heredado de él su amor por la construcción. Le encantaba visitar los solares, imaginar los diseños arquitectónicos, seleccionar los materiales, ver crecer los edificios de la nada para convertirse en verdaderas obras de arte. Casas, edificios, torres de oficinas. Durante los últimos años, aunque Kevin Macbride había delegado sus responsabilidades, seguía echando un vistazo a las nuevas construcciones para que todo llevara su toque personal. Lo había hecho por orgullo irlandés; un orgullo que ella había heredado.

Solo imaginarse que Nicos podía obtener algo de todo eso era inconcebible. No podía permitirlo; de hecho, no lo permitiría. Macbride pertenecía solo a Macbride.

–¿Te niegas?

El tono suave del abogado la devolvió a la realidad y ella levantó la barbilla desafiante.

–No le voy a dejar el control de la empresa de mi padre a Nicos Kasoulis.

Sus ojos eran vedes como la patria de su padre. Brillantes, ambiciosos. Todavía resaltaban más por la blancura de su tez y el rojo de su melena de brillantes rizos que le caía en cascada por la espalda.

Kevin había sido un hombre grande y corpulento, pero Katrina había heredado el cuerpo pequeño de curvas esbeltas de su madre y los ojos y el pelo de su abuela paterna, y un temperamento a juego.

Demasiado mujer para un hombre cualquiera, meditó el abogado intrigado por la vida personal de uno de los iconos de la ciudad cuyos negocios requerían grandes sumas de dinero en cuestiones legales.

–Entonces, ¿te atendrás a los deseos que tu padre notificó en su testamento?

¿Vivir con Nicos Kasoulis? ¿Compartir su hogar, su vida, durante un año?

–Si eso es lo que hace falta... –pronunció Katrina con solemnidad

El abogado podría haber jurado que había captado un tono helado que no presagiaba nada bueno para el hombre que quisiera doblegarla.

¿Sería Nicos Kasoulis ese hombre? Eso sería bastante comprensible, conociéndolo. Sin embargo, se habían separado solo después de unos meses de matrimonio...

Lo único que él tenía que hacer era asegurarse de que los deseos de Kevin Macbride se cumplían. No tenía que preocuparse por la vida privada del hombre en cuestión ni de su única hija.

—Emitiré una notificación legal de que estás dispuesta a cumplir con el testamento.

Katrina levantó una ceja y su voz sonó seca, sin una pizca de humor:

—¿Especificó mi padre la fecha para la reconciliación?

—Durante los siete días siguientes a su muerte.

Kevin Macbride no había sido una persona que perdiera el tiempo, pero una semana significaba ser demasiado celoso.

Katrina se fijó en los muebles suntuosos, los cuadros caros de las paredes y se quedó mirando al puerto a través de la ventana.

De repente, sintió que necesitaba salir de allí. Alejarse de tanto formalismo. Necesitaba sentir el aire fresco en la cara. Conducir su Porsche y dejar que el viento le alborotara el pelo y le devolviera el color a las mejillas. Sentirse libre para pensar, antes de tener que tratar con Nicos.

Con resolución se puso de pie.

—Me imagino que volveremos a vernos pronto —dijo ella, extendiendo una mano en un gesto formal que concluía la cita.

Murmuró unas cuantas palabras de despedida y se dirigió hacia el pasillo. El abogado la acompañó hasta la puerta que llevaba al ascensor.

No cabía duda de que Katrina Kasoulis era una joven belleza. Había algo en su forma de caminar, en su elegancia de movimientos, y ese pelo...

El abogado reprimió un suspiro. Esa melena era como fuego y cualquier hombre se podía quemar con solo mirarla.

Katrina se dirigió al lugar donde tenía aparcado su coche y se sentó al volante.

Eran casi las cinco, la hora a la que solían salir de las oficinas. Cuando se alejó del centro, el tráfico empezó a descender y ella pudo aumentar la velocidad.

Eran casi las seis cuando paró el coche en la cuneta, en un lugar desde donde se divisaba el mar. Había un barco en el horizonte, dirigiéndose con lentitud hacia el puerto y en la playa, unos cuantos niños jugaban bajo la mirada atenta de sus padres.

Las gaviotas revoloteaban cerca de la playa, se posaban en el agua y se quedaban flotando sobre las olas para después volver a la arena.

Era una escena muy placentera y ella la necesitaba para apaciguar el dolor por la reciente pérdida. Había tenido que organizar tantas cosas, tanta familia con la que tratar...

Y ahora estaba el asunto de Nicos.

Ya había acabado con él. Estaba curada.

«Mentirosa».

Solo tenía que pensar en él para recordar como había sido todo entre ellos. No pasaba ni un solo día sin que su memoria forzara la vuelta de un recuerdo. Él invadía su mente, poseía sus sueños y se había convertido en su peor pesadilla.

Con demasiada frecuencia, se despertaba empapada en sudor, sintiendo las manos de él... su boca sobre ella... tan real que casi habría podido jurar que había estado junto a ella.

Sin embargo, siempre estaba sola, el sistema de seguridad sin haber saltado. Luego le había tocado pasar el resto de la noche leyendo o viendo una película en la televisión para intentar ahuyentar su fantasma.

De vez en cuando, se lo encontraba en eventos sociales o en reuniones profesionales donde su presencia era necesaria. Entonces, se saludaban, intercambiaban palabras amables y seguían sus distintos caminos. Aunque ella era plena y dolorosamente consciente de él, del poder latente que emitía, de su calor sensual.

Con solo pensar en él, su pulso se le aceleraba, su piel se calentaba y el fino vello de su cuerpo se erizaba por la sensación. Una sensación que le salía de muy adentro y que se extendía por todo su cuerpo como una lengua de fuego, despertándole a la vida cada punto erógeno.

Era una locura. Lentamente tomó aliento y después lo expulsó despacio. Repitió el procedimiento varias veces.

«Céntrate», se dijo en silencio». «Recuerda por qué te marchaste de su lado».

¡Dios santo! ¿Cómo se iba a olvidar de la ex amante de Nicos dando la noticia de su embarazo y confirmando que él era el padre?

La fecha de la concepción, según había revelado Georgia Burton, una modelo cuya belleza escultural llenaba la portada de las revistas, coincidía con un periodo en el que su marido había estado fuera de la ciudad por negocios.

Georgia aseguró que su romance con Nicos no había terminado con su boda y eso era algo que Katrina no podía perdonar. Aunque él lo había negado todo, después de una de las muchas discusiones que habían tenido, ella recogió sus cosas y se marchó.

Después de todos esos meses, el dolor era tan intenso como el día que lo dejó.

Su teléfono móvil sonó estridente en el silencio, interrumpiendo su soledad. Katrina comprobó que se trataba del numeró de su madre.

–¿Siobhan?

–¿Cielo, te habías olvidado de que habíamos quedado para cenar y para ir después al teatro?

Katrina cerró los ojos y ahogó un juramento.

–¿Podemos saltarnos la cena? Te recogeré a las siete y media.

Conseguiría llegar si conducía al límite de velocidad permitido por la ley, se daba la ducha más rápida posible y se vestía.

Llegó justo a tiempo. Juntas entraron en el auditorio y se sentaron en sus butacas justo cuando se levantaba el telón.

Katrina se centró en el escenario, en los actores y eliminó de su mente todo lo demás. Era una técnica que había aprendido cuando era pequeña y, ahora, le venía muy bien.

En el descanso se dirigió con su madre a la cafetería para tomar algo frío y charlar un rato. Siobhan tenía una boutique en la zona exclusiva de Bouble

Bay y desde que se había divorciado se había convertido en una importante mujer de negocios y con mucho prestigio.

–He traído algo para ti.

El gusto de su madre por la ropa era exquisito y Katrina le dedicó una sonrisa amable.

–Gracias. Te firmaré un cheque.

Siobhan le apretó la mano.

–Es un regalo, cielo.

Un escalofrío le recorrió la espina dorsal y apenas pudo evitar temblar de pies a cabeza.

Solo había un hombre que provocaba ese efecto sobre ella. Se volvió despacio, obligándose a adoptar una postura natural. Aunque eso era bastante difícil, teniendo en cuenta que todos sus instintos estaban alerta.

Nicos Kasoulis estaba con un grupo de gente. Tenía la cabeza ladeada hacia una rubia cuya exclusiva atención era casi repulsiva. Dos hombres y dos mujeres, un grupo perfecto.

Cuando iba a volver la cabeza, él levantó la suya y la vio. Katrina lo miró fijamente. Sus ojos negros eran hipnotizadores, casi aterradores.

Él tenía una altura, una anchura de hombros y una presencia que llamaba la atención. Su atractivo rostro, herencia de sus antepasados griegos, parecía esculpido en piedra. Unos pómulos prominentes, la mandíbula cuadrada, por no mencionar una boca que prometía miles de delicias sensuales y unos ojos tan negros como el pecado, añadían otra dimensión a un hombre que tenía un aura de poder por segunda piel. El pelo negro, más largo de lo habitual, le confería un toque personal a un hombre cuya voluntad era tan admirada como temida entre sus conocidos.

Si quiso intimidarla, no lo consiguió. Levantó la barbilla y sus ojos brillaron con fuego verde antes de darle la espalda.

En ese mismo instante, sonó el timbre anunciando al publico que iba a comenzar la segunda parte.

Katrina no pudo prestar atención al segundo acto. Lo único que quería era escaparse del auditorio sin encontrarse con el hombre que la había hecho enloquecer de placer y cuyo solo recuerdo le hacía perder el equilibrio físico y emocional.

Pero eso iba a depender de él, de lo que a él le apeteciera.

Y parecía que no le apetecía que se escapara, percibió Katrina mientras caminaba hacia la salida.

—Katrina. Siobhan.

Su voz era peligrosamente sensual.

—¡Hombre, Nicos! —exclamó su madre entusiasmada mientras él se inclinaba para rozarle la mejilla—. Cuánto me alegro de verte.

«Traidora», pensó Katrina en silencio. Siobhan había sido una de sus admiradoras. Todavía lo era.

—Lo mismo digo —afirmó girándose hacia ella, atravesándola con una mirada engañosamente amable—. ¿Cenamos mañana? ¿A las siete?

«Bastardo». El insulto se quedó en la garganta mientras su madre los miraba sorprendida. Maldito Nicos.

Él se limitó a arquear una ceja.

—¿No te lo ha dicho?

Hubiese querido pegarle y casi lo hace.

–No.

El monosílabo salió cargado de furia.

Los ojos de Siobhan iban del uno al otro.

A Katrina le hubiera gustado abofetearlo. Él lo sabía. Se le notaba en el brillo de los ojos mientras esperaba a que ella hablara.

No había forma de evitarlo, lo mejor era decir la verdad.

–Kevin, con su infinita sabiduría –declaró fría como el acero– ha puesto como condición de su testamento que resida en la misma casa que Nicos durante un año. Si no lo hago, Nicos se queda con el control de Macbride –anunció dirigiéndole una mirada capaz de matar–. Algo a lo que no estoy dispuesta.

–¡Dios mío! –exclamó su madre con un tono cercano al desmayo.

Siobhan conocía muy bien a su ex marido. La voluntad de acero bajo el encanto amable y persuasivo tan típicamente irlandés. Había pasado mucho tiempo y ella ya lo había perdonado. Porque lo mejor de su unión había sido tener a Katrina.

–Ese hombre era un loco –dijo con calma y notó la sonrisa de su hija.

Un loco muy inteligente. Desde luego, siempre fue realmente astuto. Y le gustó el griego con el que su hija se había casado. Quizá, solo quizá, el padre conseguía después de muerto lo que no había logrado en vida.

Nicos estaba analizando cada una de las facciones de su mujer. Había perdido peso, su piel estaba más pálida y, en aquel momento, estaba hirviendo con furia apenas controlada. Lo que más le apetecía era echársela al hombro y, entre patadas e insultos, llevársela al coche y, después, a la cama.

Katrina leyó la intención en aquellos ojos oscuros y deseó sacárselos.

—Buenas noches.

La despedida sonó fría como el hielo, con un dejo de desdén.

Descubrió lo que iba a hacer un instante antes de que su cabeza descendiera y su boca capturara la de ella en un beso que destruía las defensas que tan cuidadosamente había erigido.

Corto, posesivo, evocador, portador de un recuerdo vivo de lo que había sido.

Y sería de nuevo.

El propósito estaba allí, una afirmación silenciosa que no era ni una amenaza ni un reto; solo un hecho.

Después se enderezó y sus labios se curvaron en una sonrisa mientras observaba el inconfundible enfado en su brillante mirada verde.

—A las siete, Katrina —le recordó con calma y notó cómo su barbilla temblaba durante una fracción de segundo.

Frialdad y control. Ella tenía mucha práctica en mostrar esos dos sentimientos.

—Dime un restaurante y no vemos allí.

—En el recibidor del Ritz Carlton.

Un hotel de elite situado a pocas manzanas de su piso de Double Bay.

Estaba segura de que lo había elegido de manera

deliberada y le apeteció darle un puntapié. En lugar de eso, le ofreció una mirada fría y mantuvo su voz neutral.

–De acuerdo.

Nicos inclinó la cabeza hacia Siobhan, después se giró hacia la salida.

–No digas ni una palabra –advirtió Katrina a su madre.

–Cielo, ni se me ocurriría –respondió ella ahogando una risita.

Capítulo 2

HACÍA una noche muy agradable. La suave brisa proveniente del mar acarició a Katrina cuando salió del coche y se dirigió hacia la entrada del hotel.

Se había vestido para matar, aunque solo ella sabía el tiempo que había pasado seleccionando y descartando ropa, eligiendo un traje para salir victoriosa.

Nicos la vio entrar.

«Negocios», se dijo en silencio al ver el estiloso traje de chaqueta negro. El corte del traje, el largo de la falda a media pierna, las medias negras que mostraban unas piernas bien torneadas de tobillos finos acentuados por los zapatos de tacón de aguja. Las únicas joyas que llevaba eran: un diamante colgando de una cadena fina de oro y un sencillo diamante en cada oreja.

¿Se daba cuenta Katrina de lo bien que él la conocía? Sabía las pequeñas señales que indicaban su talante: la forma en que se había recogido el pelo, el maquillaje perfecto, la altivez de su barbilla...

Era una fachada, solo una fachada que él había sido capaz de derrumbar con facilidad. Recordaba a la perfección, la sencillez con la que ella se derretía ante sus caricias.

Recordaba la suavidad de su pelo al introducir los dedos, su boca evocadora esperando la de él... La pasión salvaje que habían compartido, elaborando un camino de satisfacción mutua, era mucho más de lo que había tenido jamás con ninguna otra mujer.

Notó el momento en que lo vio y observó el leve enderezamiento, la manera en la que sus manos aferraron con fuerza el bolso. Su paso no vaciló al avanzar hacia él.

—Nicos —saludó con educación, casi frialdad. «Toma el control», le advirtió una vocecita—. ¿Vamos dentro?

«Hielo y fuego», pensó él. Una combinación que nunca dejaba de intrigarlo.

—¿Estás deseando acabar rápido, Katrina?

Su mirada se encontró con la de él y la sostuvo.

—Preferiría que esto durara poco —afirmó ella de manera civilizada.

—¡Qué sinceridad! —exclamó él con sorna.

No hizo el más leve intento de tocarla, pero su cercanía ya era suficiente para notar el calor de su cuerpo y el aroma sutil de su colonia. Eso por no mencionar el aura de poder que portaba como una característica innata.

Estaba esperando el momento oportuno, decidió ella con un toque de amargura. Esa noche era solo una indulgencia. Una formalidad social para intentar crear un ambiente de mutuo acuerdo en el que poder convivir durante el próximo año.

Él no tenía nada que perder; sin embargo, ella...

«No pienses en eso», se apremió en silencio mientras entraban en el restaurante.

Ella le dejó elegir el vino mientras recorría con la mirada el menú, pidiendo, después de una cierta deliberación, una ensalada.

—¿No tienes hambre? —le preguntó mientras ella le daba un sorbo a su excelente Chardonnay.

Katrina se enfrentó a su mirada con tranquilidad.

—No mucho —respondió mientras su estómago parecía dar saltos mortales, y esos movimientos no eran los más apropiados para una buena digestión.

Le dolía que todavía pudiera causarle ese efecto. Y lo que era peor, que con una sola mirada, su pulso se le aceleraba.

¿Lo notaría él? Esperaba que no. Había pasado la vida entera aprendiendo a enmascarar sus sentimientos. A sonreír y a pretender que era inmune a los comentarios ácidos que sus dos madrastras y sus dos hermanastros le habían dedicado a la menor oportunidad.

No le resultaba difícil adoptar una fachada; lo hacía cada día de su vida. Profesionalmente. Emocionalmente.

—Acabemos con esto, ¿vale?

—¿Por qué no te acabas la comida primero? —sugirió él con voz aterciopelada.

Katrina tomó algo con el tenedor, pero luego lo dejó sobre el plato.

—He perdido el apetito.

—¿Quieres más vino?

—No, gracias —respondió cortés. Era esencial que estuviera completamente lúcida.

¿Por qué tenía que ser el tan masculino? Lo estaba viendo saborear la comida como saboreaba a las mujeres. Con cuidado, disfrutando, con satisfacción.

Había algo increíblemente sensual en el movimiento de sus manos y solo tenía que mirarle a la boca para imaginar qué sentiría al tenerla sobre la suya. Él sabía cómo volver a una mujer loca.

«Céntrate», se amonestó en silencio. «Esto no va por ti, ni por Nicos; se trata de los derechos sobre Macbride».

–Tenemos que decidir en qué casa vamos a vivir –comenzó ella con firmeza.

Él pinchó un suculento trozo de pescado.

–Por supuesto, tú preferirías tu piso.

No podía ser tan fácil.

–Sí.

Nicos la escudriñó con la mirada.

–La casa de Point Piper es más grande. Sería más conveniente que tú te trasladaras allí.

La sorprendía que todavía no hubiera vendido la mansión que habían ocupado durante los breves meses que duró su matrimonio. Una obra de arquitectura construida sobre una ladera de roca que consistía en tres niveles con terrazas y jardines ornamentales, una piscina y unas magníficas vistas del puerto.

También tenía demasiados recuerdos.

–No; no lo sería.

Nicos dejó sus cubiertos sobre el plato y se apoyó en el respaldo.

–¿Tienes miedo, Katrina?

Ella lo miró con detenimiento, observando su mirada fija, aparentemente relajada; pero engañosa.

Nicos Kasoulis poseía una mente despierta y un instinto asesino. Cualidades que le había concedido un inmenso respeto por parte de sus amigos y también de sus enemigos. En el mundo de los negocios y entre la elite de la sociedad.

Fue esa actitud despiadada la que llamó la atención de Kevin Macbride que se vio en Nicos a sí mismo: alguien que sabía lo que quería y que no paraba hasta conseguirlo, sin importarle qué o quién se interponía en su camino.

–¿Hay algún motivo para que lo tenga?

–Tienes que saber que tu bienestar es muy importante para mí.

–Si eso fuera así, habrías rechazado tomar parte en este juego.

–Le di mi palabra.

–¿Y eso es todo?

–No te pega ponerte cínica.

Katrina tomó su vaso de vino y dio un sorbo.

–Perdóname –dijo sin el menor síntoma de arrepentimiento–, lo aprendí desde muy pequeña.

–¿Por qué no pides postre? –preguntó él sin importarle el fuego de sus brillantes ojos verdes.

Ella tomó aliento en un intento de controlarse.

–Tenemos que llegar a una acuerdo.

Nicos deslizó una mano en el bolsillo de la chaqueta y extrajo un sobre abultado que dejó sobre la mesa, enfrente de ella.

Katrina lo miró con sospecha.

–¿Qué es eso?

–Un control remoto para la verja de la entrada y las llaves de mi casa.

Estaba demasiado seguro de sí mismo.

—Eres un poco presuntuoso, ¿no crees?

—Práctico —la corrigió él.

—Arrogante —aseguró ella—. ¿Qué pasaría si insisto en que nos vayamos a vivir a mi piso? —preguntó acalorada, odiándolo en aquel momento.

—¿Realmente quieres tenerme en el dormitorio contiguo al tuyo? ¿Que compartamos el mismo comedor? En un piso más apropiado para una persona que para dos.

—Tú no sabes nada sobre mi piso —replicó ella y vio que él enarcaba una ceja.

—Yo soy el responsable de las reparaciones y la rehabilitación de ese piso.

Ella le lanzó una mirada incrédula.

—¿Y ahora me dirás que era tuyo?

Nicos ladeó la cabeza.

—Culpable.

Si lo hubiera sabido, nunca lo habría comprado. Sus ojos se empequeñecieron. Pensándolo bien, había sido su padre el que le había hablado del piso. Cerca de un mes después, ella dejó a Nicos.

Él notó cómo las emociones encontradas cruzaban sus facciones antes de enmascararlas con éxito.

—Inversiones Mythos es una de mis empresas.

Por supuesto. Solo el nombre debería haberla alertado, pero, en aquella época, no se había fijado en otra cosa que en encontrar un lugar para estar sola.

La sospecha creció.

—¿Contrataste a un detective para que siguiera mis pasos? —preguntó muy seria.

Nicos había contratado a un militar retirado cuyas instrucciones eran observar, proteger si fuera necesario y no dejarse ver nunca. Una operación que tuvo mucho éxito, reconoció Nicos para sí mismo.

Su silencio era más elocuente que las palabras.

—Ya entiendo.

—¿Qué es lo que entiendes? —preguntó con voz calmada.

Demasiado calmada, como la calma que precede a la tormenta. Algo que decidió ignorar.

—Que dos hombres han decidido manipular mi vida —respondió con furia—: mi padre y tú —exclamó mientras tomaba el vaso de agua y por la mente le cruzó la idea de arrojárselo a la cara.

—No lo hagas —le advirtió él con suavidad.

Ella sabía que eso le produciría una gran satisfacción, pero también, que era una estupidez de llevarlo a cabo.

—¿Lees la mente de la gente?

—La tuya sí.

Tomó aliento y dejó el vaso despacio sobre la mesa.

—Los informes sobre mis movimientos habrán sido increíblemente repetitivos —comenzó a decir ella.

—Mucho trabajo, reuniones sociales. Un par de amigos, ninguno de los cuales se quedó a pasar la noche.

—¿Cómo te has atrevido? —preguntó, notando que la furia la invadía—. Eso es invasión de la intimidad. Debería denunciarte.

Su mirada no se inmutó.

—Solo era protección.

–¿Lo sabía Kevin?

–Lo hablamos.

Traidores, los dos.

–¡Dios mío! –exclamó ella–. ¡Tengo veintisiete años, no diecisiete!

–Tú eres la hija de un hombre muy rico y..

–¿La mujer separada de alguien que es casi igual que mi padre? –terminó con amargura.

–Sí.

–Te odio.

Él se encogió de hombros imperturbable.

–Pues ódiame. Al menos, es un sentimiento.

Katrina estaba bullendo. Su enfado era palpable.

Él se dio cuenta de que tenía los puños tan apretados que se debía estar clavando las uñas en las palmas. Los nudillos blancos mostraban su lucha por recuperar el control.

–Si te marchas ahora, solo retrasarás lo inevitable –le advirtió él, con amabilidad– y tendremos que repetir la salida.

No ayudaba nada saber que él tenía razón.

–No me gusta esto. Nada de esto.

–Pero quieres Macbride.

Era una afirmación que no iba... que no podía negar.

¿Por qué convivir durante un año con él, que había sido su marido, entrañaba tantos problemas? Los dos eran adultos. Los dos tenían muchas obligaciones laborales e intereses separados. Con un poco de suerte, no se verían mucho.

Una risita amarga nació y murió en su garganta. ¿A quién pretendía engañar?

Katrina miró el sobre abultado, después, levantó la cabeza y se enfrentó a la mirada enigmática de él.

–No voy a compartir ninguna habitación contigo.

Sus miradas chocaron, el verde brillante y el negro.

–No creo habértelo pedido.

Su voz era fría, casi como el hielo.

–El viernes –afirmó ella. Era el séptimo día, tal y como decía el testamento–. Por la noche –especificó.

–No llegaré a casa hasta tarde.

Ella levantó una ceja con desdén.

–No veo cuál es el problema.

Nicos hizo una seña al camarero y pidió café.

–Yo no tomaré.

Tenía que marcharse de allí, alejarse del hombre que una vez había tenido su corazón en sus manos.

Fuera lo que fuera a lo que tuviera que hacer frente, lo haría el viernes. Pero, por el momento, quería estar tan lejos de él como fuera posible.

Con movimientos lentos, se puso de pie y tomó su bolso. Nicos se puso de pie de un salto y la agarró de la muñeca.

–¿Qué se supone que estás haciendo? –preguntó enfadado.

–Me parece que es obvio.

El camarero salió de ninguna parte, aceptó el dinero que Nicos le dio y sonrió agradecido por la considerable propina. A Katrina no le quedó otra alternativa que permitirle que la acompañara.

En cuanto llegaron a la puerta, intentó librarse de su mano, pero no lo consiguió.

–Si no me sueltas la mano voy a gritar –lo amenazó ella a media voz.

–Hazlo –le contestó él imperturbable–. Me imagino que una mujer histérica llamará bastante la atención.

–Eres el hombre más insoportable que he conocido en mi vida.

Su risa tranquila fue demasiado.

–¡Vete al infierno!

–No me obligues a llevarte allí conmigo –amenazó él con una peligrosa suavidad en su voz.

–No quiero nada contigo. Y punto.

–¿Es eso un reto?

–Una afirmación.

–Una año, Katrina. Quizá podríamos intentar una tregua.

Ella le dedicó una mirada salvaje.

–Me temo que no sería posible.

–Inténtalo –la animó suscito.

Katrina abrió su bolso de mano y sacó un manojo de llaves.

–Mi coche –dijo señalando al Porsche blanco aparcado en la esquina.

–¿Te quieres salir con la tuya?

–Sí.

–Quizá yo debería seguir tu ejemplo.

Agachó la cabeza y tiró de ella para acercarla a su cuerpo.

Ella abrió la boca para protestar, pero no consiguió que saliera ninguna palabra antes de que él tomara posesión de sus labios. El beso le alcanzó directamente al corazón y despertó en ella algo largamente dormido.

Sin poder evitarlo, su cuerpo se pegó al de él, saboreando, durante unos breves instantes, el sentimiento de encontrarse en casa.

Su lengua la acarició con suavidad, la exploró, después, se enredó con la de ella.

¡Dios santo! ¿Cómo podía estar tan necesitada?

Con un quejido, separó su boca e intentó poner distancia entre ellos. Su desconcierto era evidente.

Él le acarició la mejilla con el dorso de la mano.

–Química –rechazó ella, intentando sonar práctica.

Sus ojos eran oscuros, su expresión indescifrable.

–¿Eso crees?

Le quitó las llaves de la mano, desactivó la alarma del coche y abrió la puerta. Después, le devolvió las llaves y se apartó para que pasara.

–El viernes, Katrina.

Como si necesitara que se lo recordara.

Con un brusco movimiento, arrancó el motor del coche y se marchó de allí a gran velocidad.

Apenas tuvo tiempo de cambiar de marchas porque enseguida llegó a su piso. Unos minutos más tarde, ya estaba segura en el interior de su casa.

No era tarde, solo las nueve de la noche; demasiado temprano para meterse en la cama. Jugó con la idea de llamar a algún amigo para salir a tomar una copa y charlar un rato. Pero cualquiera querría saber qué le sucedía y las preguntas eran algo que prefería evitar.

Se desvistió, se puso una camiseta enorme, se

quitó el maquillaje y se enroscó en un sillón cómodo frente al televisor.

Debió de quedarse dormida porque, cuando se despertó, notó que le dolía el cuello y tenía una pierna adormecida. Echó un vistazo al reloj y comprobó que eran más de las doce. Apagó las luces y se fue a la cama donde permaneció despierta hechizada por la huella de la boca de Nicos sobre la suya.

Elegir la ropa le llevó muy poco esfuerzo. Una selección de prendas para la oficina, ropa informal y unos cuantos vestidos para alguna celebración de sociedad.

Katrina cerró las dos maletas, echó un último vistazo al piso y conectó la alarma de seguridad, cerró la puerta y llamó al ascensor para bajar al aparcamiento.

Había pocos kilómetros de distancia entre Double Bay y Point Piper y por mucho que lo intentó no logró controlar la tensión nerviosa que la invadía por tener que volver a la casa de Nicos Kasoulis.

Katrina detuvo el coche, abrió la verja de hierro con el mando a distancia y recorrió el camino serpenteante hacia la preciosa casa de tres pisos.

«No entres ahí», le susurró una vocecilla interior.

La disciplina era una especialidad que había aprendido a dominar cuando era pequeña. Sin embargo, no tenía nada para luchar contra las emociones que asaltaban su mente y su cuerpo.

El amplio pórtico enmarcaba una impresionante entrada con una puerta ornamental doble protegida por un sofisticado sistema de seguridad.

Un matrimonio iba cada día a limpiar y a arreglar el jardín, pero ya debían haberse marchado hacía horas, pensó Katrina al entrar en el vestíbulo.

La casa estaba en silencio y era imposible librarse de la sensación de que ya había vivido aquella escena.

La luz del atardecer iluminaba la vidriera del techo enviando reflejos rosas y verdes por el suelo de mármol y por las amplias escaleras que conducían al piso de arriba.

A su derecha había un salón y un comedor enormes; a la izquierda, un estudio, una sala de estar, un comedor más pequeño y la cocina.

En el sótano había instalado un gimnasio con sauna y una piscina cubierta con acceso a uno de los jardines.

En el piso superior había cinco dormitorios con baños completos.

Toda la casa estaba amueblada con mucho gusto y tenía unas magníficas vistas del puerto marítimo.

Durante unos pocos meses, había sido su hogar. Un lugar donde habían compartido el amor, la alegría y una gran pasión.

Al volver al espacio de Nicos, la tensión se apoderó de todo su cuerpo. Pero ¿qué otra alternativa tenía? Ninguna si quería el control sobre Macbride, pensó Katrina al llegar a las escaleras que conducían al piso de arriba.

¿Dormiría Nicos en la habitación principal que

habían compartido? ¿Se habría cambiado a otra de las habitaciones?

Seguía en la habitación principal, se respondió unos minutos más tarde. Su ropa estaba allí y un surtido de cosas para el aseo llenaba el baño de mármol.

Dirigió una mirada sobre la cama enorme e intentó acallar los latidos frenéticos de su corazón.

¿Cómo podía aguantarlo? ¿Cómo podía haberse quedado en aquella habitación, en la cama que había compartido con ella?

Un dolor le encogió el estómago y se volvió de manera brusca para ahuyentar los fantasmas de su memoria.

Control. Ella sabía que tenía de sobra, pero ¿durante cuánto tiempo?

Un diablillo malvado le sonrió cuando eligió la habitación en el otro extremo del balcón. Ella sabía que allí había un escritorio ideal para dejar su ordenador portátil.

«Muévete, deshaz la maleta, date una ducha, comprueba tu correo electrónico y vete pronto a la cama», se exigió en silencio.

Eran casi las diez cuando el hambre le hizo recordar que no había cenado. Solo había comido un sándwich en la oficina y su estómago estaba protestando. Desde luego, un sándwich no era un alimento muy consistente, decidió mientras se dirigía a la cocina para asaltar el frigorífico.

Un poco de jamón y una taza de té bastarían. Casi había acabado cuando oyó la puerta principal.

No había manera de escapar escaleras arriba sin

ser vista, por lo que ni siquiera lo intentó. La vaga esperanza de que Nicos ignorara las luces encendidas murió al verlo entrar en la cocina.

Su sola presencia alteró sus sentidos e hizo que su compostura corriera serio peligro. Era una mezcla dramática de sexualidad primitiva y poder latente que tenía un efecto letal sobre la paz de cualquier mujer, especialmente la de ella.

Sospechaba que él lo sabía, con solo mirarla, sin importar sus esfuerzos, por esconder sus sentimientos.

—¿Un tentempié o te saltaste la cena? —preguntó Nicos con amabilidad cruzando la habitación para acercarse a ella.

Se dio cuenta de la camiseta grande que llevaba, las piernas desnudas y los pies descalzos. El pelo se lo había recogido en una coleta. Su imagen era la opuesta a la de una ejecutiva.

—Has vuelto temprano.

—Estás evitando la pregunta.

Katrina levantó la taza y dio un sorbo.

—Las dos son ciertas —le informó lacónica.

Él se aflojó la corbata y se metió las manos en los bolsillos de los pantalones. Katrina parecía exhausta y tenía profundas ojeras. No era difícil imaginarse que debía había dormido poco durante las últimas noches. ¿Por la ansiedad que le provocaba su futura convivencia forzada?

—¿Quieres que hablemos del tiempo?

Él parecía vagamente peligroso. Ella intentó convencerse a sí misma de que ese pensamiento era una tontería. Pero la sensación estaba allí: en su apariencia, en su mirada relajada y engañosa. El instinto la avisó de que fuera con cuidado. Sin embargo, era presa de un duendecillo malvado que la lanzaba hacia el enfrentamiento.

–¿Qué tal tu cita... perdón, cena? –se corrigió de manera deliberada.

Él levantó una ceja con deliberado cinismo.

–¿Por qué supones que estaba con una mujer?

–Solo una sospecha. Por el número cada vez más elevado de mujeres en el mundo de los negocios...

–¿Y mi inclinación por las mujeres?

–Bueno, tienes fama de eso –dijo ella con cinismo.

–No niego que haya tenido relaciones anteriores –dijo con una suavidad peligrosa–. Pero cada relación fue exclusiva y significó algo en su momento.

–Pero si tú no ofreces fidelidad. Ni fuera ni dentro del matrimonio.

Él no se movió, pero a ella le dio la sensación de que estaba mucho más cerca.

–¿Quieres que te repita algo que te niegas a creer? –preguntó con suavidad.

El aire entre ellos estaba cargado de electricidad.

–¿Para qué vas a molestarte? –rechazó ella con ironía, manteniendo su mirada sin temor–. Ya hablamos de eso hasta la saciedad en su momento y no llegamos a nada. No veo por qué habría de dar resultado ahora.

Su control era admirable, pero sus ojos oscuros eran fríos como la noche.

–¿Si yo te hiciera la misma pregunta al volver de una cena de negocios cuál sería tu respuesta?

Ella no lo dudó:

–Piérdete.

–Muy elocuente.

Katrina sonrió y se dirigió al fregadero donde tiró el resto del té.

–Olvidémonos de las conversaciones triviales –dijo enjuagando la taza y metiéndola en el lavavajillas–. Ciñámonos a los «buenos días» y «buenas noches».

–¿Crees que eso funcionará?

¿Por qué tendría la sensación de que él estaba un paso por delante de ella?

–La otra alternativa es la guerra.

–Las batallas se ganan y se pierden.

Ella le dedicó una mirada, analizando lo que había dicho. En ese caso, no se trataba de ganar o de perder, sino de cómo se iba a jugar el juego.

–Muy interesante.

–¿A que sí?

Ella le dio la espalda y se dirigió hacia la puerta.

–Buenas noches.

–Que descanses, *pedhaki mou*.

Su apelativo cínico retumbó en su mente mientras subía las escaleras. Incluso, en la seguridad relativa de su habitación, el tratamiento cariñoso resonaba como un hechizo.

Tardó bastante en conciliar el sueño hasta que el agotamiento se apoderó de ella.

Capítulo 3

HABÍA pruebas evidentes de que Nicos ya había desayunado cuando Katrina entró en la cocina por la mañana.

El aroma del café recién inundaba la habitación. Tomó una taza y la llenó de la cafetera, después, metió pan en la tostadora y, mientras esperaba a que se tostara, absorbió el excelente aroma de su taza.

Había un periódico sobre la mesa. Echó un vistazo a los titulares de la portada. Hablaban del último crimen, de la quiebra de una multinacional, de los aplausos recibidos por dos concejales que se presentaban a las próximas elecciones.

Cuando la tostada estuvo lista, la untó con mermelada y rellenó su taza de café, entonces sacó una silla y dedicó quince minutos ojear el periódico.

Cuando llegó a las páginas de sociedad encontró una fotografía de Nicos y ella juntos. Observó que había sido tomada en un evento social no mucho después de su matrimonio. El titular decía: *Otra vez juntos.*

Una fuente anónima nos ha revelado que Nicos y Katrina Kasoulis están de nuevo juntos para satis-

facer una cláusula en el testamento de Kevin Mac-
bride.

Katrina sintió que la furia la invadía y un juramento se le escapó de los labios.

Sin pensárselo dos veces, tomó la página y fue a
buscar a su marido.

Lo encontró en el estudio, sentado en su escritorio delante del ordenador.

Cuando la oyó entrar, apartó la mirada de la pantalla y pulsó la tecla de guardar.

–Buenos días.

Katrina lo miró furiosa.

–¿Has visto esto? –preguntó lanzándole la página
sobre el teclado y señalando al titular.

Alguien había estado ocupado. Teniendo en
cuenta la familia que tenía, los sospechosos se redu-
cían a cuatro. Cualquiera de ellos habría encontrado
el máximo placer en presentarle el caso a la prensa.

–¿Quieres que los denunciemos y los obligemos
a que se retracten?

Estaba tan enfadada que apenas podía hablar.

–¿Qué conseguiríamos con eso?

–En realidad, nada.

La sospecha la invadió.

–¿Eres tú el responsable?

Katrina vio que sus facciones se endurecían y
que los ojos adoptaban un brillo frío.

–Ni siquiera te voy a responder.

–Entonces, ¿quién?

El silencio de Nicos era elocuente y su enfado
adquirió nuevas dimensiones.

–Tengo que hacer algunas llamadas –anunció entre dientes–. Voy a salir.

–Tengo una invitación para ir a una cena esta noche.

–Ni sueñes que voy a ir contigo.

–Es para los dos.

–¡Ve tú solo!

–Eso haría que la gente hablara –le advirtió Nicos–; ya saben lo de nuestra reciente reconciliación.

–No tengo la menor intención de acompañarte a los eventos sociales –afirmó con terquedad.

–Si tenemos en cuenta que no voy a muchos, no sería una tarea difícil.

–¡Y no nos hemos reconciliado! ¡Solamente estamos compartiendo la misma casa!

–Sí lo hemos hecho –dijo Nicos con una suavidad sospechosa–. Por lo menos durante un año, nos acompañaremos el uno al otro cuando la necesidad surja.

–Esa no es una condición del testamento de Kevin.

–Considérala como mía –dijo él con dureza, mirando sus ojos verdes encendidos.

–No intentes manipularme –le advirtió mientras se dirigía hacia la puerta–. No pienso aceptar tus condiciones.

–Estate lista a las seis y cuarto –reiteró él.

Katrina no se molestó en contestar y apenas pudo contener el impulso de dar un portazo.

Con movimientos cuidadosamente controlados, subió las escaleras, se puso unos pantalones de vestir, una blusa y una chaqueta, se calzó unos zapatos de tacón alto, agarró su bolso y, con las llaves en la mano, se dirigió al garaje.

Diez minutos más tarde, paró el coche cerca de un parque, sacó el teléfono móvil e hizo la primera de una serie de llamadas.

Andrea, la segunda esposa de Kevin, vivía una vida llena de lujos, pero no tenía ninguna maldad. Su hija, Paula, fruto de su primer matrimonio, era una malcriada y una snob; pero parecía poco probable que se atreviera a enfurecer a Katrina.

Eso dejaba a Chloe, la tercera esposa de Kevin, y a su hijo Enrique, de un matrimonio anterior. A cualquiera de ellos le encantaría hacerle daño.

Katrina tenía contactos y los utilizó sin piedad.

Una hora más tarde, tenía la respuesta que quería: Enrique. ¿Por qué sería que no la sorprendía en absoluto?

Su hermanastro era un encantador de serpientes que había dejado claro que «él», el único miembro masculino de la familia, tenía derecho al trozo mayor del pastel de Macbride. No le importaba que cada una de las esposas de Kevin hubiera tenido que firmar un acuerdo prematrimonial en el que quedaba claro que Katrina era la única heredera.

Enrique era un joven que adoraba la vida de lujo, los coches rápidos y las mujeres hermosas. Por desgracia, había adquirido costumbres muy caras durante la adolescencia. Una de ellas, le había llevado a una clínica privada en más de una ocasión durante los pocos años que duró el matrimonio de Chloe y Kevin.

Al menos, sabía que era su enemigo, pensó Katrina mientras arrancaba el coche en dirección a

Double Bay. Quería comprobar que todo estaba bien en su piso y recoger algo más de ropa.

Tenía unas cuantas amigas a las que podía llamar para comer. Pero la invitación repentina provocaría preguntas que no quería responder.

Mientras, su corazón lloraba la muerte de su padre aunque sabía que a él no le gustaría que ella estuviera triste. Siempre había dicho que la vida era una fiesta. Y él la había festejado bien.

Echaba de menos su risa, su amor. Él había sido su roca, su puerto... Y en un momento de locura, había señalado a Nicos para que ocupara su lugar.

A Katrina le hubiera gustado repetir que no necesitaba ni quería la protección de Nicos. Pero Kevin había jugado su última carta y no le había dejado otra opción.

Eran más de las cinco cuando aparcó el Porsche en el garaje y entró en la casa de Nicos con tres trajes de noche sobre el brazo.

Cuando llegó a las escaleras, Nicos salió de su despacho, ella se paró y mostró una expresión controlada.

–Vístete formal, Katrina –le dijo Nicos.

Le explicó a qué evento iban a ir y observó su expresión desconcertada mientras subía las escaleras.

¿Cómo podía haberlo olvidado? Era uno de los eventos sociales más prestigiosos de la ciudad y su padre siempre lo había patrocinado.

Tenía... ¿cuánto tiempo? Cuarenta y cinco minutos para ducharse y arreglarse. Lo hizo todo sin perder ni un segundo y a la hora señalada estaba junto a Nicos.

El vestido de crespón verde jade cortado al bies acentuaba sus delicadas curvas y resaltaba su piel blanca. Para ahorrar tiempo, se había recogido el pelo en un moño. Por toda joya, se puso el colgante de diamante y los pendientes a juego.

Al ver a Nicos, se le cortó la respiración.

Llevaba sus treinta y siete años de manera soberbia; su masculina musculatura daba testimonio de una vida de ejercicio regular. Iba vestido con un esmoquin negro, una camisa blanca y una pajarita negra. En cada centímetro de su atuendo se notaba su riqueza y su sofisticación. Con todo, era su sensualidad innata su mayor atractivo. Ninguna mujer podría negarlo.

Un año atrás, le habría dedicado un comentario burlón, le habría rozado la mandíbula y le habría dado un beso.

Pero, ahora, no iba hacer ninguna de esas cosas. Todo lo que hizo fue cruzar el vestíbulo a su lado y meterse en el coche que había aparcado a la puerta en silencio

–¿Quieres que hablemos del papel que vamos a representar? –le preguntó a Nicos cuando salían por la verja.

–¿Sabiendo la relación de Enrique con cierto columnista cotilla?

–¿Lo sabías?

Él le dedicó una mirada cargada de significado.

–¿Acaso pensaste que no iba a intentar descubrirlo?

Ella no respondió. En lugar de eso, se dedicó a observar el paisaje con interés.

No importaba los lugares del mundo que visitara, Sidney era su hogar. Era una ciudad preciosa, con un puerto pintoresco y edificios de diversos diseños arquitectónicos. Poseía un clima suave de cielos azules. Las aguas eran brillantes y en lo alto del acantilado había mansiones con un gran número de embarcaciones ancladas en las numerosas bahías y calas. Todo ese escenario le proporcionaba un sentimiento de familiaridad al que nunca podría renunciar.

Al llegar al hotel, Nicos le dejó las llaves del coche al portero.

El vestíbulo contiguo al salón estaba lleno de invitados que se saludaban y se reunían a charlar en corros. Los camareros uniformados circulaban por la zona ofreciendo bebidas.

La elite de la sociedad, pensó Katrina. Todos vestidos con sus mejores galas y las mujeres tan cargadas de joyas que podrían mantener al tercer mundo durante un año.

Había muchos invitados que ya habrían visto la foto de Katrina y Nicos y el titular en la columna de sociedad del periódico. El interés por ellos era el esperado. Ella se esforzó por ignorar las miradas curiosas y se mantuvo al lado de Nicos en silencio.

Al pasar un camarero, tomó un cóctel de champán y zumo de naranja.

Unos cuantos conocidos se les acercaron para expresar su pésame por la muerte de su padre, otros, simplemente, les hicieron señales con la mano para indicar que se verían a lo largo de la noche.

Katrina divisó a sus dos madrastras al otro extremo del vestíbulo. Su presencia mostraba la importancia de cada una de ellas en la escena social. Andrea llevaba a su novio del momento a cuestas y Chloe estaba acompañada por su hijo, Enrique.

Era una bendición que Siobhan no intentara competir con ellas a ningún nivel, prefiriendo una existencia social menos activa.

Las tres ex mujeres de Kevin en una misma celebración social sería demasiado. Ya había tenido bastante con intentar mantener la paz durante el funeral de su padre.

Nicos observó el rostro de su esposa y se dio cuenta de la firme resolución que adoptaba mientras se preparaba para la lucha.

El interés que Chloe y Andrea tenían por la hija de Kevin era solo superficial; pero siempre observaban la etiqueta social. Enrique, era otra cosa.

–No tienes que hacerles frente tú sola.

Katrina se encontró con sus ojos y forzó los labios para esbozar una sonrisa.

–¿Lo dices para darme fuerzas?

–Puedes contar con ello.

–Mi escolta –dijo ella con un cierto cinismo.

–Eso, también –respondió él con sorna.

–Katrina, tesoro.

Se volvió ante la inconfundible voz de Andrea y siguió el ritual de los besos en el aire.

–Hola, Nicos –saludó la mujer con cierta incertidumbre antes de volverse de nuevo hacia su hijastra–. Kevin habría estado orgulloso de que hubieras hecho el esfuerzo de venir estando su muerte tan reciente.

¿Era un cumplido o una crítica? Decidió tomárselo como un cumplido.

–Gracias, Andrea.

Cinco minutos después de que Andrea se marchara, Chloe cruzó el vestíbulo hacia ellos.

–No estábamos seguros de que fueras a venir esta noche –impecable y llena de confianza en sí misma, la tercera esposa de Kevin poseía la discreción práctica de una modelo de pasarela.

–Es lo que hubiera querido Kevin –respondió Katrina con suavidad antes de dirigirse a su hermanastro.

–¿Qué tal, Enrique?

Un joven con un atractivo de chico bueno muy engañoso.

Durante el matrimonio de sus padres, Enrique se había imaginado que si seducía a la hija de Kevin tendría la fortuna Macbride al alcance de la mano, pero Katrina nunca estuvo dispuesta a seguirle el juego. Él nunca cesó en su intento y tampoco la perdonó por estropear sus planes.

Mientras la recorría con la mirada, sus ojos mostraron, durante una fracción de segundo, algo parecido a la resignación

–Estás divina, cariño.

–¿A que sí? –intervino Nicos, agarrando una mano de Katrina y llevándosela a la boca.

La reacción a su contacto fue inmediata. Su pulso se aceleró y un calor sofocante le invadió las venas. Parecía como si su corazón estuviera realizando un gran esfuerzo y necesitó de toda su fuerza de voluntad para mostrarse natural.

—¿Qué crees que estás haciendo? —le preguntó Katrina en cuanto Chloe y Enrique desaparecieron de la vista.

—Evitar daños

—¿A quién? —preguntó ella con escepticismo.

—A ti.

—Dudo que hacer el payaso vaya a funcionar.

Un camarero tomó su copa vacía y le ofreció otra, que ella rechazó.

Fue un alivio cuando las puertas del comedor se abrieron unos minutos más tarde y los invitados tomaron sus asientos.

La comida tenía que estar deliciosa, dado el precio de la entrada. Pero Katrina apenas probó bocado. Bebió un poco de vino y conversó con sus compañeros de mesa.

Las actuaciones de la noche eran variadas y durante un descanso, se dirigió al tocador de señoras. Le estaba empezando a doler la cabeza y hubiera dado cualquier cosa por marcharse a casa. Pero su casa ya no era su piso y la convivencia obligada con Nicos solo acababa de empezar.

Había gente y tuvo que esperar a que hubiera un hueco frente al espejo para retocarse los labios.

No se sabe si fue el destino, o simple premeditación, pero la primera persona que se encontró al salir fue a Enrique.

En un intento por evitarlo, lo saludó de pasada en su camino al salón. Pero la expresión obstinada de su rostro mostraba que no la dejaría marchar tan fácilmente. Conociéndolo como lo conocía, presintió que sus intenciones no eran buenas.

–Quiero verte a solas –comenzó a decir él sin más preámbulo.

Casi podía adivinar lo que le iba a decir, pero se mantuvo en silencio, deseando estar equivocada.

–Necesito dinero.

–No llevo nada encima.

–Pero puedes conseguirlo.

Ya habían tenido esa conversación antes. Al principio, ella había pensado que lo podía ayudar y lo había hecho. Hasta que se dio cuenta de que al darle dinero lo único que conseguía era que siguiera con el vicio.

–No.

–Mañana. Comemos juntos y lo traes.

A ella le daba mucha pena.

–¿Qué parte del «no» es la que no entiendes?

–Te estoy suplicando. ¡Maldita sea! Mil, Katrina, solo eso.

–¿No te pagaron bien los del periódico?

Su mirada se recrudeció.

–No sé de qué me estás hablando.

El dolor de cabeza que sentía se intensificó.

–En el caso de que te dejara ese dinero, ¿cuánto te iba a durar, Enrique? ¿Una semana? ¿dos? ¿Qué harías después?

–Lo único que necesito es uno más y...

–No.

Katrina observó sus facciones oscurecidas por el miedo. Enrique de mal talante era algo que prefería evitar.

–¡Zorra! –soltó él, mientras le agarraba con fuerza del brazo–. Esto me lo vas a pagar muy caro.

–¡Suéltame! –dijo ella despacio, apretando los dientes.

–Haz lo que Katrina te ha dicho –intervino Nicos con una voz cortante–. ¡Ahora!

Enrique dejó caer la mano.

–No puedo pensar en ninguna razón para que amenaces a mi mujer –dijo Nicos de manera peligrosa–. Pero si la tocas de nuevo, te prometo que no podrás hablar ni caminar durante algún tiempo.

–Deberías saber que le he dicho a mi abogado que impugne el testamento de Kevin –declaró con vehemencia.

–Eso no te servirá de nada–contestó Nicos con inflexibilidad–. Cada una de las esposas de Kevin tuvieron lo suyo en cada divorcio. Ni tú ni Paula tenéis ningún derecho sobre el patrimonio de Kevin.

–¡Yo no opino lo mismo! –sin decir una palabra más, Enrique se volvió y entró en el salón.

Katrina le lanzó a Nicos una mirada fulminante.

–No necesitaba que me rescataras.

La expresión de él no cambió.

–¿No? Desde donde yo estaba parecía que tu hermano te llevaba ventaja.

Le podía haber dicho que Enrique ya había usado las tácticas intimidatorias antes y que, además, pensaba que ella le pertenecía, en virtud del matrimonio de su madre con Kevin.

Katrina levantó la barbilla.

–Yo puedo manejarlo.

Un músculo se tensó en su barbilla.

–Hablando, seguro –reconoció él con un toque de cinismo.

Ella resistió la tentación de dar un puntapié al suelo.

–No juegues duro, Nicos.

–Te llevaré a casa.

–¡Que te lo crees tú!

–¿Estás dispuesta a rechazar cada propuesta, Katrina?

Ella emitió un profundo suspiro.

–Si no volvemos dentro, Enrique pensará que ha ganado la batalla y que le tengo miedo.

–Quince minutos –concedió Nicos– y nos marchamos.

Era casi medianoche, cuando llegaron a casa. Juntos subieron las escaleras.

–Buenas noches –dijo Katrina antes de retirarse.

Nicos levantó una mano y la tomó por la barbilla. Después, sus labios se posaron sobre los de ella en un beso evocador.

Pero duró muy poco. Por un momento, Katrina lo deseó y tuvo que luchar contra la necesidad instintiva de acercarse a él y devolverle el beso.

Pero eso sería admitir muchas cosas y ella se había pasado demasiados meses construyendo una barrera contra él. Permitirle que comenzara a derribarla sería la mayor estupidez que podía cometer. Además, dudaba que pudiera aguantar el dolor.

Se alejó de él, y él la dejó marchar.

Con demasiada facilidad, pensó ella al llegar a su habitación y cerrar la puerta.

Capítulo 4

EL DOMINGO amaneció con el cielo gris y la inminente amenaza de lluvia. Katrina se levantó temprano, se puso una camiseta, pantalones cortos y zapatillas de deporte y bajó a la cocina. Allí se preparó un zumo de naranja y subió la escalera de caracol en dirección al gimnasio.

La casa estaba tranquila cuando entró en la espaciosa habitación. Entre los diferentes aparatos, eligió la bolsa de boxeo a la que le dirigió un primer derechazo. El golpe le dolió bastante, pero también le produjo mucha satisfacción.

–Si vas a continuar, te sugiero que te pongas unos guantes de boxeo –indicó Nicos al entrar en la habitación. Ella se volvió con una mirada que le hizo levantar una ceja–. ¿O quizá preferirías golpear otra cosa?

¿La había seguido hasta allí? Lo dudaba, porque pasar un rato en el gimnasio era parte de su rutina diaria. Se maldijo a sí misma por haber elegido ese momento para hacer ejercicio.

–No me tientes.

Parecía que tenía diecisiete años, sin gota de maquillaje y con el pelo recogido en una coleta. Sus ojos estaban brillantes y sus labios, suaves y carnosos. De repente, sintió el deseo imperioso de atravesar la habitación y saborear esa deliciosa boca. Pero era consciente de que con esa acción, probablemente, se ganaría un puñetazo en las costillas y una palabrota digna de un camionero.

Katrina se dirigió al aparato de andar, ajustó el ritmo y lo puso a funcionar, aumentando la velocidad hasta que se agotó, después se fue un rato a la bicicleta estática.

De manera deliberada, concentró todas sus energías en pedalear, pero fue incapaz de olvidarse de Nicos que había empezado a realizar sus ejercicios.

La gimnasia que ella hacia no se parecía en nada a la de él, pensó Katrina mientras se secaba el sudor con una toalla. ¡Él parecía estar dando un paseo por el parque!

A Katrina le resultaba imposible ignorar la flexibilidad y la fortaleza de sus músculos que le traían imágenes que había intentado olvidar.

El dolor y la furia se mezclaban con un deseo primitivo. A los primeros los reconocía, al otro lo condenaba.

¿Cómo podía sentir algo por un hombre que no solo había mantenido una amante después de casarse con ella, sino que, además, la había dejado embarazada?

¿Por qué había estado Nicos de acuerdo con el juego de Kevin? O lo que era peor, ¿qué papel jugaba Georgina en todo aquello?

¡Maldito Nicos! Ahora había un niño por medio. Un niño que solo debía tener unas semanas. ¿Qué pasaba con él?

Había demasiados sentimientos encontrados inundándole el pensamiento para llegar a una conclusión sencilla. Se encogió de hombros y decidió dirigirse a la sauna y después a la piscina. Pero eso significaría que se tendría que desnudar y de ninguna manera haría semejante cosa en presencia de Nicos.

Además, necesitaba poner distancia entre ellos.

Desayunaría, se daría una ducha y después se marcharía a pasar el día fuera. A cualquier sitio que la alejara de aquella casa y del indómito hombre que vivía en ella.

Veinte minutos después, cuando bajaba las escaleras en dirección al garaje, se encontró a Nicos en el vestíbulo.

Él se fijó en el bolso y en las llaves que llevaba en la mano.

–¿Vas a salir?

–¿Tienes algo en contra? –preguntó ella con frialdad.

–No, por qué habría de tenerlo.

Ella pasó a su lado.

–No me esperes levantado.

Una mano la agarró del antebrazo.

–Una persona bien educada no se marcharía así.

Ella le lanzó una mirada a la mano y después levantó la cabeza.

–¿Quieres que te diga dónde voy a estar y la hora de mi regreso? Imposible, no tengo ningún plan.

–Solo escapar.

¿Cómo era posible que la conociera tan bien?

–Sí.

La dejó marchar y, pocos minutos después, ella estaba en su coche conduciendo hacia la playa.

Podía haber llamado a alguna amiga, pero prefirió la soledad y un buen libro.

Eligió una playa casi desierta y extendió una toalla. Después, desconectó el teléfono móvil y abrió su libro.

A mediodía, comió un sándwich que había comprado en un bar cercano y se quedó leyendo durante unas horas. Por la tarde, recogió sus cosas y se marchó al centro, a una zona comercial.

Era fácil perderse entre la multitud. Se paró a mirar un brazalete de plata en el escaparate de una joyería. Su diseño elaborado era inusual y le apeteció verlo de cerca. Estaba a punto de entrar en la tienda cuando una voz familiar la saludó:

–¿De paseo por los barrios bajos, cariño?

Katrina se dio la vuelta para mirar a la rubia alta y esbelta de atractivos rasgos. Iba maquillada perfectamente y el vestido de diseño enfatizaba las curvas esculturales de un cuerpo en forma.

–Hola, Paula –la saludó consciente de que la sonrisa de su hermanastra era tan superficial como la aparente calidez.

–¿Estás intentando pasar de incógnito, Katrina? ¿O me estoy perdiendo algo y esto –dijo señalando a su atuendo deportivo– es tu nuevo estilo?

–Se llama «informal» –le respondió Katrina y vio la mueca de desmayo de Paula.

–¿Y dónde está el insuperable Nicos?

–Lo he dejado en casa –lo cual era verdad.

—Ya veo que os habéis reconciliado —su sonrisa era la antítesis de la dulzura—. Aunque todo el mundo sabe que solo es para cumplir con los últimos deseos de Kevin.

—¿Todo el mundo?

—Pues claro, cariño —pareció que sacaba las uñas—. Eres el tema principal de la alta sociedad.

—¿De verdad? —preguntó irónica.

—Me imagino que ya sabrás que Enrique quiere impugnar el testamento.

—¿Tú también?

—Oh, no, querida. Sé de muy buena tinta que sería una causa perdida —confesó y la recorrió con la mirada—. ¿Cómo se siente una al ser la heredera de un imperio? Siempre fuiste el ojo derecho de papá. Incluso te casaste con el príncipe azul, aunque, luego resultó no ser tan perfecto. Qué coincidencia que su amante esté otra vez en la ciudad —sus ojos se abrieron para mostrar un desconcierto falso—. Oh, querida, ¿no lo sabías?

—Gracias por el aviso.

—Es un placer.

Katrina no se molestó en buscar una razón para marcharse.

—Adiós, Paula.

—Pero... si acabamos de encontrarnos.

Paula era una persona que Katrina prefería evitar; sus personalidades habían chocado desde el principio.

Para vivir con ella en armonía superficial, había necesitado mucha sabiduría y estar siempre alerta... esperando el comentario ácido, el desfiguramiento de la verdad, la puñalada trapera... Parecía que la misión de Paula en la vida era desacreditar a la preferida de Kevin.

De todas formas, Andrea no duró mucho como su madrastra. Justo cuando pensaba que la relación ya solo podía mejorar, llegaron Chloe y Enrique.

Y eso fue peor, mucho peor.

Katrina le dedicó una mirada al reloj, ignoró la tentación de llamar a Siobhan y volvió sobre sus pasos hacia el aparcamiento. Iría al cine, tomaría algo y volvería a casa.

Como había tanto donde elegir, se permitió el lujo de ver dos películas, una detrás de la otra.

Ya eran más de las diez cuando aparcó el coche en el garaje y se dirigió hacia la casa.

Nicos apareció en el vestíbulo justo cuando ella empezaba a subir las escaleras. ¿La habría oído? ¿O había instalado una cámara de vigilancia al vestíbulo?

Llevaba un atuendo informal, unos vaqueros y un polo que resaltaban la anchura de sus espaldas, la cintura atlética y las piernas largas.

–¿Nunca escuchas tu contestador automático?

La pregunta con tono aterciopelado indicaba su estado de ánimo. Ella se paró y le dedicó una mirada ecuánime.

–No lo miro desde el mediodía, ¿Por qué?

–Siobhan ha llamado dos veces. Enrique también, recalcando la necesidad de una respuesta urgente. Y Harry, que aseguró que tenías su número –su mirada siguió siendo enigmática, pero ella advirtió un toque de acero peligroso–. Cada uno de ellos ha dicho que han intentado localizarte en el móvil pero no lo han conseguido.

–¿Crees que debería disculparme?

Nicos dio un paso hacia ella; demasiado cerca para estar cómoda.

Katrina le mantuvo la mirada antes de fijarse en la boca, la firme línea de los labios, la dureza de la mandíbula...

De él emanaba una energía que le recordaba a la de un depredador apunto de saltar sobre su presa.

«Vete de aquí», le dijo una vocecita interior. Pero ella estaba preparada para la lucha y la huida era una opción que no contaba.

–No te debo ninguna explicación –le advirtió ella y observó cómo su brazo musculoso se tensaba al meterse la mano en el bolsillo del pantalón.

–En eso no estamos de acuerdo.

–¡Vete al infierno! –exclamó, dándose la vuelta para subir las escaleras; pero Nicos la agarró y la giró hacia él.

–No te pases –le advirtió con una voz temible.

Katrina sabía que la suavidad con la que la sujetaba era engañosa y que si intentaba soltarse la apretaría con fuerza.

Miró a su brazo y después levantó los ojos hacia su cara.

–¿Me retienes por la fuerza, Nicos?

–Tú eres la que está buscando pelea.

–Preferiría una relación cordial.

–Entonces, te sugiero que comiences a ganártela –dijo él con un tono afilado como una cuchilla.

–Lo mismo te digo.

Cuando le soltó el brazo, Katrina corrió escaleras arriba, consciente de que él estaba observándola. Su habitación era como un santuario, pensó al cerrar la puerta. Sintiéndose tranquila, conectó el teléfono y escucho los mensajes; después, llamó a su madre.

Le contó que había contratado a Harry para que redecorara dos casas que acaba de comprar como inversión.

–Tenemos que hablar de los colores, querida. Sencillamente, no puedes utilizar el azul para las paredes.

Le dijo a su madre que lo llamaría desde la oficina. Ya sabía que después de una larga discusión, ella tendría que aceptar su elección. Sus peleas eran siempre así.

Enrique era otra cosa. Arrogante, persistente, desesperado. Una combinación peligrosa, pensó ella mientras se quitaba la ropa. Después se metió en la ducha y se fue a la cama.

Solo habían pasado unos días con Nicos; todavía quedaban trescientos sesenta y dos. ¿Cómo iba a poder mantener las distancias?

Katrina se despertó tarde y con dolor de cabeza. Se marchó a la oficina sin desayunar para llegar puntual.

Ese día todo le salió mal.

Ella era la encargada de las reclamaciones en áreas que normalmente marchaban bien. Pero esa mañana, tuvo que mediar con un subcontratista que estaba muy resentido.

Más tarde, llamó Enrique insistiendo en que le dedicara cinco minutos de su tiempo.

Salir a comer era imposible, por lo que pidió un par de sándwiches que se tomó en la oficina. A las cuatro, recibió una llamada del abogado de Kevin informándole que Enrique quería impugnar el testamento, argumentando que él tenía derecho a una parte del patrimonio.

La protesta de Enrique no tenía fundamento, pero era el deber del abogado avisarla de lo que estaba sucediendo.

El dolor de cabeza, para el que había tomado una pastilla por la mañana y otra por la tarde, se convirtió en un malestar que la dejó totalmente exhausta.

Eran casi las seis cuando llegó a casa. Todo lo que quería era darse un buen baño, tomar otra pastilla, cerrar las contraventanas de su dormitorio y meterse dentro de la cama para olvidarse del resto del mundo y descansar.

Casi lo consigue si no hubiera tenido que bajar a buscar la pastilla.

Nicos la encontró en la cocina, con un aspecto demacrado, envuelta en un albornoz y el pelo cayéndole por la espalda.

La miró de arriba abajo. Ella cerró los ojos; lo último que necesitaba era una discusión.

–¿Dónde guardas las medicinas? –preguntó ella con debilidad

Él cruzó la habitación hacia uno de los armarios

empotrados y sacó un paquete. Llenó un vaso de agua y se lo ofreció.

–¿Dolor de cabeza?

–Sí –sacó dos pastillas y se las tragó con el agua.

No se había dado cuenta de que él había acercado una silla hasta que amablemente la empujó para que se sentara.

–¿Qué crees que estás haciendo?

Todo lo que ella quería era acostarse y esperar a que el dolor desapareciera.

Él ignoró su protesta. Se quitó la chaqueta, se aflojó la corbata y se remangó la camisa.

–Quédate quieta y relájate.

Ella abrió la boca, después la volvió a cerrar al sentir que sus manos comenzaban a darle un masaje en los músculos tensos del cuello y de los hombros.

¡Qué maravilla! Era estupendo. Tan bueno... Katrina cerró los ojos y simplemente se dejó llevar con la corriente mientras sus dedos hacían la magia.

Nadie había sido tan amable con ella en mucho tiempo. No desde que Kevin se puso enfermo.

Las emociones contenidas salieron a la superficie y las lágrimas empezaron a correrle por las mejillas.

Nicos sintió sus sollozos y juró en voz baja. Después, con una facilidad increíble, la levantó de la silla y la abrazó con fuerza.

Si hubiera dicho una sola palabra, ella se habría soltado con rapidez. Pero no dijo nada, solo le prestó su hombro y, por primera vez desde la muerte de Kevin, ella se pudo desahogar.

Apenas se daba cuenta de que él tenía apoyada su

mejilla contra su cabeza o que sus brazos la rodea-
ban por la cintura y la apretaban contra él.

Después de un rato, él le pasó un brazo por debajo de las rodillas y la llevó a su habitación. Retiró
las sabanas y las mantas y se tumbó en la cama con
ella. Sabía perfectamente que en cuanto ella se diera
cuenta de dónde estaba y con quién estaba lo echaría
de su lado.

Pero no lo hizo. Los sollozos que agitaban su
cuerpo fueron remitiendo poco a poco. Su respiración se fue suavizando hasta que se quedó dormida.

Abrazarla hacía que una nube de recuerdos lo in-
vadieran. Cada uno de ellos, era una tortura para su
libido por lo que después de un rato, intentó librarse,
pero ella murmuró una protesta.

Así que se quedó. Sabía que era un loco, en todos
lo sentidos. Pero estaba disfrutando de su contacto,
de su aroma, de la suavidad de su cabello junto a sus
labios...

El aire de la noche se enfrió y Nicos se arropó y
se quedó dormido.

Katrina comenzó a despertarse y entonces notó
que, no estaba sola.

No solo no estaba sola, sino que su cabeza estaba
apoyada en un pecho masculino y que un brazo
musculoso la abrazaba y ella lo rodeaba por la cintura.

Nicos. La verdad le golpeó y su primer pensamiento fue saltar de la cama y largarse de allí.

Después, se dio cuenta de varias cosas: estaba en su dormitorio y Nicos estaba totalmente vestido. Entonces, recordó.

Quizá, si le quitara el brazo lentamente... intentó librarse de él, pero él la apretó más.

A Nicos se le pasó por la cabeza echarse sobre ella, rozarle las sienes con los labios y meter una mano bajo los pliegues de su albornoz para acariciarle los pechos. Le apetecía meter la cara en el hueco de su cuello para después recorrer el camino hacia un pezón.

Hacer el amor con ella temprano por la mañana, pensó él, era la mejor manera de empezar el día.

Pero desistió. «Aquí no. No de esta manera». Cuando fuera el momento oportuno no lo dudaría. Pero quería que ella lo necesitara y eso requería tiempo. Algo que le sobraba gracias al testamento de Kevin. Así que se olvidó de su excitación y del deseo que lo invadía.

Media hora en el gimnasio y una buena ducha canalizarían la energía hacia el día de trabajo que le esperaba.

Pero, primero, se iba a dar un poco de placer.

–¿Ya se te pasó el dolor de cabeza?

El cuerpo de Katrina se tensó al oír su voz suave como el terciopelo y con cuidado levantó la cabeza.

–Sí.

Todos sus instintos gritaron avisándola de que pusiera distancia entre ellos, rápido.

–Has dormido bien.

Parecía que no se había movido mucho durante la

noche. O quizá, él no se lo había permitido. Durante un instante, luchó contra la necesidad de agradecerle su ayuda. Pero una oleada de vergüenza le recorrió el cuerpo al acordarse de las lágrimas que había derramado.

Lentamente, se sentó en la cama, notó su mirada divertida y rápidamente se tapó bien con el albornoz.

Con un movimiento ágil, Nicos salió de la cama y se puso de pie. Tenía el pelo un poco alborotado y se lo peinó con los dedos. Después se inclinó para recoger sus zapatos.

–¿Desayunamos en la terraza? Preguntó él, disfrutando de la confusión. Sin esperar su respuesta, se dirigió hacia la puerta y se marchó.

Durante unos segundos, se quedó paralizada sin saber qué hacer. Después, apartó las mantas con rapidez y se levantó.

Media hora más tarde, recogió su maletín. Se dirigía hacia el garaje cuando se cruzó con Nicos, que venía del gimnasio.

Su corazón le dio un vuelco al verlo con los pantalones cortos y la camiseta, con un toalla alrededor del cuello. Tenía un aspecto verdaderamente masculino, todo músculos y el sudor empapando la camiseta que se ceñía a su pecho.

Nicos se dio cuenta del maletín, del traje de chaqueta y los zapatos de tacón y alzó una ceja.

–Te vas pronto.

–Sí –dijo ella con suavidad. Así podría trabajar un poco antes de que llegara su secretaria y el día comenzara.

Él utilizó el extremo de la toalla par secarse la frente.

—No me esperes para cenar. Llegaré tarde.

—Yo también —respondió ella sin pensárselo y continuó su camino.

¿Qué diablos le había llevado a decir eso cuando no tenía ningún plan? Podía llamar a su madre y sugerirle que cenaran fuera, se dijo mientras arrancaba el coche.

Quizá podían ir a una galería de arte o a ver una película extranjera.

El día pasó con tranquilidad. Contactó con Harry y quedaron para comer. Con su típico estilo, rechazó todas las sugerencias de ella, insistiendo en que él sabía lo que hacía.

—Pondré la moqueta verde y las paredes las podemos pintar con suaves tonos melocotón y crema —tomó a Katrina de la mano y dibujó un arco con el otro brazo—. Quedará divino.

—¿No vale el azul? —bromeó ella y notó su expresión de dolor—. De acuerdo —capituló con una sonrisa cálida—. Dime que otros colores has elegido para la otra casa.

Katrina tenía buen ojo para los negocios y las dos casas pareadas eran la tercera inversión que había hecho el año anterior. Harry era el encargado de redecorarlas. Como tenía un porcentaje de ese beneficio, tenía más que un simple interés profesional en cada proyecto.

—He visto algo en Surrey Hills.

Un barrio antiguo de la ciudad que se estaba poniendo de moda.

–¿Una casa?

–En realidad son tres.

Harry hizo una serie de preguntas y, después, le preguntó la dirección.

–Iré a echarles un vistazo y te contaré.

Ella sabía que él convertiría ese asunto en una prioridad. Mientras volvía a la oficina, se preguntó si su visión coincidiría con la suya.

La tarde la pasó muy ocupada. Dejó la oficina a última hora y se fue directamente al restaurante donde había quedado con su madre. La película que eligió fue una comedia francesa subtitulada.

Después, fueron a tocar café.

Siobhan era una compañía muy agradable.

–¿Te va bien?

–Esa es una pregunta un poco ambigua, ¿no crees? ¿A qué te refieres?

–A vivir con Nicos.

El término tenía connotaciones en las que Katrina no quería ni pensar.

–Habitaciones separadas y vidas separadas.

Un resumen corto que no describía la tensión eléctrica que había entre ellos. Tampoco el recuerdo latente de lo que habían compartido en el pasado.

Siobhan se guardó su consejo. Conocía a sus hija demasiado bien. Lo suficiente para no continuar con un tema sensible.

–¿Quieres otro café, cielo?

Katrina negó con la cabeza.

–No, gracias –respondió echándole un vistazo al

reloj–. Ya es hora de volver –anunció evitando decir
«a casa».

En cuanto entró, Nicos apareció en el vestíbulo.
Se había quitado la chaqueta y se había desabro-
chado dos botones de la camisa.

–¿Una noche interesante?

Pensó en contestarle con evasivas, pero algo en
aquellos ojos oscuros le advirtieron que no jugara.

–Cena y una película con Siobhan –le aclaró–.
Luego tomamos un café –si él podía preguntarle a
ella, imaginó que ella también podría preguntarle a
él–. ¿Y tú?

–Cené con un cliente.

–¿Con quién? –insistió ella.

Él la miró con una sonrisa.

–No creo que te interese.

Por supuesto. Nicos no jugaba para perder.

–Un colega me ha invitado a cenar mañana.

–Qué bien.

–Por supuesto, espero que me acompañes.

–Por supuesto –repitió ella con ironía–. ¿Qué
pasa si decido no ir?

–Pensé que habíamos acordado formar un frente
común.

–En ese caso. No tendrás ninguna objeción en
acompañarme al ballet el lunes por la noche –comentó con una dulce sonrisa; a Nicos no le gustaba
el ballet.

–¿Tienes entradas? –preguntó, entrecerrado los
ojos.

–Claro.

Tenía las entradas desde hacía mucho tiempo y

pensaba invitar a algún amigo, pero acababa de cambiar de planes.

Su sonrisa se agrandó.

–Se llama negociación. Un término que te resultará muy familiar.

–Hecho –respondió él.

–En ese caso –dijo con suavidad–, hasta mañana.

Sin decir una palabra más, se giró y subió las escaleras.

Capítulo 5

KATRINA se arregló con esmero. Eligió un vestido muy elegante de color crema que era una autentica obra de arte. El cuerpo estaba exquisitamente bordado con pedrería hasta las caderas. A partir de ahí, los adornos caían en flecos hasta el borde del vestido que se mecía suavemente con cada paso que daba.

Esa noche, quería tener una imagen sofisticada por lo que se recogió el pelo en un moño y se maquilló con cuidado. Después, se puso un brazalete de diamantes y unos pendientes a juego. Los zapatos tenían tacones de aguja.

Katrina había cenado en muchas ocasiones con gente perteneciente a la elite social del país y no tenía ningún problema para conversar sobre cualquier tema.

Sin embargo, esa cena con los asociados de Nicos le ponía nerviosa; después de lo que la prensa del corazón había publicado, Nicos y Katrina Kasoulis habrían estado en boca de todos. Sin ninguna duda, esa noche, serían el centro de atención.

—¿Lista?

Se volvió hacia él y admiró su esmoquin. ¿Sería

de Armani? ¿de Cerruti? Él siempre elegía el impecable corte de esos dos diseñadores. La camisa blanca era del algodón más fino y la corbata de pura seda virgen.

Sin embargo, era el hombre el que lograba agitar todo su ser. Las facciones grandes, los ojos oscuros y una boca... solo con mirarla le venía a la mente el sabor de los besos que habían compartido.

Nicos poseía una sensualidad peligrosa que atraía a las mujeres como la miel a las abejas. Un encanto innato y un toque primitivo, bajo la fachada sofisticada, que eran irresistibles. Si a todo eso le añadíamos la riqueza y el poder que Nicos tenía, el resultado era letal.

Entendía perfectamente que cualquier mujer luchara por él. ¿Sería eso lo que había hecho Georgina?

¿Habría sido capaz de tener un hijo suyo y arruinar un matrimonio para conseguirlo?

Katrina movió la cabeza mentalmente. Una lucha justa era una cosa, pero utilizar métodos engañosos y artes sibilinas era otra cosa.

—¿Tengo monos en la cara?

La pregunta de Nicos la pilló desprevenida, pero intentó responderle con gracia.

—No; que yo me haya dado cuenta.

—¿Nos vamos, entonces?

Los anfitriones vivían en Woollahra, en una casa antigua espléndida alejada de la carretera y con unas magníficas vistas.

Había coches aparcados en el camino de acceso y, dentro, los invitados conversaban en un amplio salón. Los altavoces emitían una suave melodía de fondo cuando Nicos y Katrina entraron.

La mano de Nicos descansaba sobre la espalda de ella.

¿Se trataría de un gesto posesivo o para darle seguridad?

Katrina aceptó una copa de champán y dio un sorbo al líquido burbujeante.

—Me imagino que debemos dar la impresión de que nos llevamos muy bien.

—Sería lo aconsejable, ¿no crees?

—Simplemente, no esperes que muestre adoración por ti.

La boca de él se curvó en una sonrisa cálida.

—¡Qué desilusión! Eso representaría un cambio muy agradable.

—Dejaré las hostilidades para cuando estemos solos.

—Lo cual te agradezco de corazón.

—¿Que deje las hostilidades o el estar solos?

—Las dos cosas. Me gusta cuando muestras tus sentimientos.

Él se había convertido en un experto en distinguir cada uno de ellos. En ese mismo instante, estaba nerviosa, pero dispuesta a adoptar una fachada que solo él podría penetrar. Lo notaba en el pulso ligeramente acelerado, la sonrisa siempre dispuesta, la profundidad de aquellos preciosos ojos verdes como esmeraldas...

Nicos le acarició la espalda y ella abrió mucho los ojos, sorprendida por el gesto.

—Pienso que deberíamos conversar con los demás

invitados, ¿no crees? –murmuró Katrina, mientras alzaba la copa para dar un trago.

Era una locura. Un simple gesto y tenía que controlar el instinto natural de apoyarse contra él.

–Thea y Rafe Richardson acaban de llegar. ¿Nos unimos a ellos?

La noche discurrió de manera agradable.

La comida estuvo soberbia y la distribución de los comensales fue interesante. Mientras la conversación fluía, acompañada de risas, Katrina se percató de las miradas circunspectas de algunas señoras cuya curiosidad velada buscaba el mínimo signo de enfrentamiento entre ellos.

Nicos parecía inclinado a mostrarse tierno, para su propio desagrado. Era evidente en la manera en que ponía su mano sobre la de Katrina, en la forma de dirigirse a ella; sus atenciones eran constantes.

Cuando llegó el postre, ella ya no aguantaba más. Si se trataba de un juego, lo justo era que ella empezara a jugar.

Sin pararse a pensarlo tomó una cucharada de su flan y se lo ofreció a Nicos.

–Prueba esto, cariño.

Él le clavó la mirada, el ébano negro en el verde esmeralda, y la firme curva de sus labios se abrió para aceptar el bocado.

Ella se contuvo de repetir el gesto; pero, unos minutos más tarde, apoyó su mano sobre el muslo de él. La musculatura masculina se tensó de inmediato. Eso la animó aún más y le clavó las uñas arañándole la pierna.

–¿Me estás pagando con la misma moneda, Katrina?

–Sí

–No te pases de la raya.

–No sabía que tuviéramos límites.

–El juego tiene un precio.

–¿Es una amenaza o un reto?

Sus ojos se oscurecieron.

–Te toca jugar a ti.

Quizá lo más aconsejable sería una retirada, pensó ella, porque todavía no estaba preparada.

Con descaro, se volvió hacia el invitado que tenía al otro lado y comenzó a conversar con él. A los pocos minutos, ya no recordaba de qué habían hablado.

–Tengo entendido que mañana vas a Melbourne para examinar unas propiedades de Kevin –dijo Nicos.

Katrina se volvió hacia él y contuvo la sorpresa. Su abogado sabía sus intenciones y, probablemente, había considerado su deber avisarlo a él.

–Sí.

–Iré contigo.

–¿Por qué?

–También me interesa; como heredero de Kevin y miembro del consejo de dirección.

–Me quedaré a pasar la noche –dijo ella sabiendo que no dejaría tanto tiempo el trabajo.

–No importa. ¿Me imagino que has comprado el billete para el primer avión de la mañana?

Quería que la tierra se la tragara. ¡Con qué facilidad la había manipulado! El viaje de negocios no le importaba mucho, lo que realmente la molestaba era tener que pasar la noche con él. Sobre todo, cuando se trataba de un ardid que había inventado para que él no fuera; pero que, al final, se había vuelto contra ella.

El café se sirvió en un salón adyacente y ella se sentó agradecida en un sillón cómodo. Allí, al menos, se sentía segura.

Pero estaba equivocada.

Unos minutos más tarde, Nicos se acercó a ella y permaneció a escasos centímetros. Su cercanía afectó a su respiración y, también, a otras partes más íntimas de su cuerpo.

¿Qué era lo que le estaba pasando? Los dos estaban actuando y, en cuanto volvieran al coche, volverían a su actitud de siempre: habitaciones separadas y vidas separadas, reuniéndose solo para guardar las apariencias.

Entonces, ¿por qué sentía que su cuerpo estaba anhelando el de él? Cada nervio estaba a punto, cada fibra sensible dispuesta para el placer.

Si la tocara, ardería de pasión.

¿Lo sabría él? ¡Esperaba que no! Sería una humillación total.

Quería que acabara la noche para poder irse a casa, quitarse la ropa y el maquillaje y meterse en la cama. Sola.

«Mentirosa. Quieres estar con él, volver a experimentar lo que ya compartisteis».

Pero la relación entre ellos había sido algo más; el sexo había sido la expresión física del amor entre dos personas que encajaban a todos los niveles.

Todos su instintos le avisaron de que dejara esos pensamientos para no destrozarse más. Ella era una superviviente.

Eran más de las once cuando Nicos le dijo que ya podían marcharse. Ella expresó su gratitud a los anfitriones, se despidió de algunas personas y caminó al lado de su marido hacia el coche.

–¿Ya no dices nada? –le preguntó él mientras iban camino a casa.

Katrina se giró al oír la suavidad de aquella voz de terciopelo pero, en su expresión, no distinguió nada especial.

–Estoy intentando ser yo misma otra vez después de hacer el payaso –declaró y escuchó su risita.

–¿Tan mal lo has pasado, eh?

En la casa de sus anfitriones se había sentido muy segura. Pero, de nuevo estaban solos y los efectos del juego todavía permanecían. Con todo, era consciente de un peligro elemental, consciente de que si no actuaba con cautela podía provocar una situación para la que no estaba preparada. Ni ahora ni en el futuro.

¿Habrían sido las atenciones de Nicos totalmente fingidas? Se respondió a sí misma que no quería saberlo. Pero había una parte de ella que reaccionaba a sus caricias y le resultaba insoportable no tener un control absoluto sobre sus emociones.

No les llevó mucho tiempo recorrer la distancia entre Woollahra y Point Piper. Katrina se bajó del coche con un movimiento rápido y entró en casa unos cuantos pasos por delante.

El sonido de sus tacones sobre las baldosas de

mármol retumbaba en el silencio de la noche. Sus pasos se dirigían rápidos hacia las elegantes escaleras.

Sabía que Nicos estaba conectando el sistema de seguridad y apagando las luces y luchó contra la necesidad de salir corriendo.

«¿Para huir de qué?», le preguntó una vocecita interior. «¿De ti misma?»

Decidió no responder, ni siquiera quiso darle importancia.

Nicos no intentó detenerla.

¿Por qué tendría el presentimiento de que él tenía una estratagema y un plan oculto?

¿Para seducirla?

¿Por qué? ¿Para probarse que podía hacerlo?

Tenía las mismas oportunidades de conseguirlo que un copo de nieve de sobrevivir en el infierno, se juró mientras se desnudaba.

Se quitó el maquillaje y se metió en la cama. Pero estaba demasiado alterada para dormir.

Después de una hora dando vueltas, agarró una bata y se dirigió hacia la piscina cubierta.

Allí, dejó a un lado la bata y se zambulló en el agua cristalina.

Nadó unos cuantos largos a braza y después cambió de estilo, disfrutando de la agradable sensación del agua fresca sobre la piel.

El único objetivo de tanto ejercicio era acabar tan fatigada que pudiera dormir plácidamente. Quizá, entonces, la imagen de Nicos dejaría de perturbar sus sueños.

Cuando empezó a sentir los músculos cansados y

la respiración agitada, decidió que ya era suficiente. Se dirigió hacia un extremo de la piscina y descansó allí unos segundos para recuperar el aliento.

—¿Ya has acabado?

El sobresalto del sonido de aquella voz masculina hizo que se soltara del borde y se hundiera.

Unos segundos más tarde, apareció en la superficie hirviendo de indignación.

—¡Me has dado un susto de muerte! ¿Cómo sabías que estaba aquí?

—El sensor de seguridad —informó Nicos—. Un aparato suena al lado de mi cama si alguien enciende una luz mientras la alarma está funcionado.

—¿Así que decidiste investigar?

Allí de pie, parecía un ángel oscuro. Su albornoz azul marino la hacía consciente de que ella no llevaba puesto nada.

El armario de las toallas estaba cerca, pero tendría que salir de la piscina y dar unos cuantos pasos para alcanzarlo.

—¿Estas intentando agotarte?

—Sí —contestó mientras rogaba que no adivinara la verdadera razón.

Él se inclinó y le ofreció una mano.

—Te ayudaré a salir.

—Una manera de ayudarme sería trayéndome una toalla.

—¿Dándote un baño desnuda?

La sospecha oscureció sus ojos.

—¿Cuánto tiempo llevas ahí?

—Unos cuantos minutos.

Ella lo salpicó con agua.

–¡Pervertido!

Nicos se incorporó, se quitó el albornoz y se zambulló en la piscina para aparecer a su lado.

–Ahora estamos en igualdad de condiciones.

Katrina levantó una mano, pero él se la agarró antes de que lo tocara.

–Suéltame.

Su sonrisa tenía un rictus peligroso que la hacía ponerse alerta.

–Por favor –añadió con suavidad, desesperada por la necesidad de poner distancia entre los dos. Estaba demasiado cerca... demasiado.

Ella se tragó el nudo que se le había hecho en la garganta.

–No pienso jugar al ratón y al gato.

–¿Es eso lo que piensas que estoy haciendo? ¿jugando?

Su mirada era intensa.

–Parece que te lo estás pasando bastante bien con la situación.

–¿Y a ti te gustaría escapar?

–Me gustaría salir del agua –le corrigió ella.

–Entonces, *pedhi mou*, sal –la animó él–. Yo no voy a impedírtelo.

Ella lo vio alejarse nadando hacia el otro extremo.

Con movimientos rápidos, salió de la piscina y se puso la bata.

Tendría que sentir frío porque el agua estaba fresca, pero por sus venas corría fuego. El corazón le latía a toda velocidad mientras tomaba una toalla y se la enrollaba en la cabeza.

Aunque, esa no era la primera vez que compartía la piscina con Nicos estando desnuda. Pero entonces...

«No», se dijo con resolución. No tenía que pensar en el pasado.

Sin mirar atrás, se dirigió con rapidez hacia su habitación, se dio una ducha y se secó el pelo. Después se metió en la cama.

De sus labios escapó un gruñido cuando vio lo tarde que era. En pocas horas su despertador sonaría y tendría que levantarse, cambiarse, preparar una pequeña maleta con cosas para un día y marcharse hacia el aeropuerto.

Capítulo 6

MELBOURNE era una ciudad cosmopolita, con grandes avenidas llenas de árboles, tranvías eléctricos y un clima muy variable.

Hacía dos años que Katrina había estado allí y parecía que las cosas no habían cambiado mucho desde entonces.

El hotel era un edificio moderno situado en un alto desde donde se divisaba el corazón de la cuidad.

Katrina y Nicos tomaron el ascensor de cristal para subir a su habitación.

La habitación tenía unas vistas estupendas pero, aparte del vestíbulo con dos sillones, una mesita baja y un escritorio con teléfono y fax, solo había un dormitorio. Y en el centro de ese dormitorio, una enorme cama de matrimonio.

–Si piensas que voy a compartirla contigo estás muy equivocado –declaró Katrina mientras Nicos dejaba el equipaje de mano.

–Compartimos una casa –le recordó él.

–Pero no una habitación –contestó ella–. Y menos una cama.

–¿Tienes miedo de mí o de ti?

Katrina abrió la boca para decir algo, pero inmediatamente la cerró.

–Ni siquiera me voy a molestar en contestarte.

Él sacó las dos camisas que llevaba y las colgó en el armario, después, se llevó la bolsa de aseo al baño.

Katrina observó sus movimientos a través del espejo mientras sacudía el vestido de seda que iba a llevar durante la cena.

De ninguna manera iba a compartir la cama con él. Uno de los sillones serviría.

La irritación comenzó a alcanzar tintes más profundos cuando la realidad de que iba a compartir la habitación con él comenzó a manifestarse.

«¡Contrólate!», se dijo a sí misma. Estaban allí por negocios. Comerían, irían a una reunión, volverían al hotel para cambiarse y, después, cenarían con el primo de Nicos y su mujer, Stavros y Eleni Kidas.

Comieron en el restaurante exclusivo del hotel, la comida resultó excelente y Katrina empezó a relajarse un poco.

No se quedaron mucho tiempo porque tenían trabajo que hacer. Se dirigieron hacia Toorak, un barrio selecto, una mezcla sorprendente de estilos pero todos muy elegantes. Había casas que llevaban allí muchos años y otras nuevas. La calle principal estaba llena de boutiques de moda y cafés.

No le llevó mucho tiempo decidir que las dos propiedades que tenían allí podían ser transformadas en locales para alquilar.

–Conservar y transformar –dijo Katrina en voz alta. Le gustaba la idea y sabía que funcionaría, apenas podía esperar para ponerse manos a la obra–. ¿Qué opinas? –preguntó girándose hacia Nicos.

–Quizá a Siobhan le interesaría abrir una tienda en Melbourne.

Era bueno, muy bueno en lo que a leerle la mente se refería.

–¿Los abogados a los que tenemos que ver a las cuatro tienen el bufete cerca de aquí?

Le llevó una hora de llamadas e intensas negociaciones, pero Katrina salió triunfante del despacho.

–Lo hicimos –dijo con satisfacción, con los ojos brillantes y una sonrisa en el rostro.

–Tú lo hiciste –corrigió Nicos–. Yo lo único que hice fue observar tus movimientos.

Eso era cierto, pero su presencia lo había hecho todo más fácil; un apoyo que sinceramente agradecía. Ella había aprendido mucho con Kevin, pero no todos los hombres consideraban a una mujer como una igual en el mundo de los negocios. Estaba segura de que habría tenido que pelear más si hubiera ido sola.

–Gracias.

–¿Por qué?

–Por estar allí.

–Ha sido un placer.

Nicos llamó a un taxi para volver al hotel.

No llegaron a la habitación hasta pasadas las cinco de la tarde. Katrina se quitó los zapatos y la chaqueta.

–¿Quieres pasar primero a la ducha o entro yo?

–Podríamos compartirla –declaró él con insolencia.

–No; no podríamos –negó ella con firmeza, consciente de los pequeños escalofríos que le recorrían la piel.

No le costaba nada recordarlo sin ropa: la musculatura espléndida de su cuerpo, la anchura de sus hombros, los glúteos apretados y los poderosos muslos y... y su virilidad.

«No hagas eso», se advirtió a sí misma. Su corazón había empezado a latir con fuerza evocando momentos que habían compartido... sus caricias expertas, las respuestas de ella... Siempre había conseguido hacerla arder de pasión.

Sin decir una palabra, recogió la ropa interior y un albornoz y se metió en el baño. Durante unos segundos dudó, pero luego, echó el cerrojo sin hacer ruido.

Veinte minutos más tarde, salió con le albornoz bien ajustado a la cintura y con la bolsa de maquillaje en la mano.

Nicos estaba sentado en el extremo de la cama viendo un documental en la televisión.

–¿Has acabado?

Katrina no respiró tranquila hasta que él entró en el baño.

Cuando acabó, ella ya estaba vestida y completamente maquillada, y se estaba poniendo dos pequeños diamantes en las orejas.

Él no sintió el menor pudor al quitarse el albornoz y quedarse en ropa interior; pero a Katrina le dio un vuelco el estómago. Tuvo que hacer un gran esfuerzo para apartar la vista de su poderoso cuerpo mientras se vestía.

Lo que no consiguió apartar fue el recuerdo de haber pasado toda una noche en sus brazos. Cuánto echaba de menos el bienestar que ofrecían, la cercanía, el contacto...

¿Qué era lo que estaba haciendo? No quería nada, no podía querer nada del hombre que la había traicionado. Sin embargo, había algo en ella que se resistía a la razón: un instinto, química...

Rechazó el pensamiento mientras recogía su bolso de mano.

—¿Nos vamos?

—Hemos quedado con Stavros y Eleni en el bar —indicó Nicos mientras bajaban en el ascensor.

Katrina no los había visto desde que se habían separado. ¿Les habría dicho él algo sobre su separación y su posterior reconciliación?

—No les he dicho nada de lo nuestro, pero seguro que lo han leído en los periódicos —comentó él al salir del ascensor.

¿Acaso era tan transparente?

No había tiempo para meditar sobre la fabulosa habilidad de Nicos para adivinar sus pensamientos porque, en ese momento, dos personas se levantaron de sus asientos y se acercaron a saludarlos.

—Encantada de verte de nuevo —saludó Eleni, con un cálida sonrisa mientras se sentaban en unos cómodos sillones.

Nicos le hizo señas al camarero y pidió champán.

—¿Estamos celebrando algo?

—Algo parecido —respondió Nicos, dedicándole a Katrina una mirada divertida.

—Siento mucho lo de tu padre —expresó Stavros—. Una triste pérdida.

—Gracias.

Stavros se giró hacia Nicos y comenzó a hablar de un negocio que tenían en común.

Eleni se dirigió a Katrina.

–Me encanta veros juntos de nuevo.

¿Qué podía responder a eso?

–Georgina no ha causado más que problemas –le confió Eleni a media voz–. Se lo ha hecho pasar fatal a Nicos.

¿De verdad? En las pocas ocasiones en las que lo había visto durante la separación, él había tenido muy buen aspecto.

–Pero, claro, eso tú no lo sabes –confirmó Eleni.

Katrina no comentó nada, aunque era difícil contener una sonrisa ante el gesto de desagrado de la mujer.

–Esa mujer es una arpía –una vez dicho eso, logró cambiar de tema–. ¿A sí que habéis estado todo el día trabajando? Ahora es el momento de descansar. Nosotros también tenemos algo que celebrar: estoy embarazada.

–Me alegro mucho –dijo Katrina con entusiasmo genuino. Un niño era un regalo precioso y Eleni había querido tener hijos desde el momento en que se casó.

Unos minutos más tarde, se dirigieron al restaurante. La comida fue excelente y el servicio, muy bueno. Las horas pasaron rápido A las diez Eleni indicó que ellos tenían que marcharse.

–Mi mujer se cansa con mucha facilidad –explicó Stavros a modo de disculpa.

–Me pasa muchas veces: me encuentro fenomenal, pero, de pronto, no puedo mantener los ojos abiertos –comentó Eleni divertida.

Los acompañaron a la puerta del hotel.

–Hasta pronto –se despidió Eleni, dándoles un abrazo.

–¿Quieres que tomemos algo? –sugirió Nicos cuando sus primos se hubieron marchado.

–Bueno.

Cualquier cosa que retrasara la vuelta al cuarto era bienvenida.

Nicos pidió café para los dos y Katrina se bebió el suyo despacio mientras miraba a la gente. Parejas, personas solas, jóvenes y viejos.

–¿En que piensas?

–Todo ha salido muy bien.

–Sí, es cierto.

–Me imagino que como mi socio, eso significa que apruebas mis decisiones.

–No tengo ninguna duda con respecto a tus habilidades para hacer negocios.

–Gracias –respondió ella con solemnidad.

–Creo que has estado mirando algunas propiedades.

La expresión de Katrina se agudizó.

–Estoy utilizando mi propio patrimonio, no tiene nada que ver contigo.

–Solo estaba haciendo un comentario.

–¿Quieres que te dé direcciones para que puedas comprobarlo? –ella notó que la ira comenzaba a invadirle–. ¿O tu fuente de información te ha dado un informe completo?

–Estás utilizando el abogado de Kevin para tus propios asuntos –le recordó él con suavidad.

–¿Ha roto la confidencialidad entre abogado y cliente? –preguntó escandalizada.

–En absoluto. Solo me ha comentado tu perspicacia para los negocios.

Katrina tomó aliento lentamente.

–Me gusta restaurar casas.

–Las casas adosadas son una buena inversión.

–¿También sabes lo de las casas? ¿Cómo...?

Él sostuvo su mirada.

–Estoy negociando para comprar las tres que quedan en la misma manzana. El agente me llamó esta mañana y me mencionó que mi esposa había mostrado interés.

¿También el agente había roto la confidencialidad? ¿O habría asumido que un marido y su mujer eran conscientes de las inversiones financieras del otro?

–Vas a hacerme la competencia.

–No. Había pensado que podemos colaborar.

Eso le picó el interés.

–A Harry le encantaría –se apresuró a explicar–... el decorador de interiores con el que trabajo. Es muy bueno.

–Dile que me llame.

Katrina ahogó un bostezo y se puso de pie.

–Me voy a la cama.

Estaba cansada y a la mañana siguiente se tendría que levantar temprano para tomar el vuelo de vuelta a Sidney.

Nicos también se levantó y subió con ella a la habitación.

Capítulo 7

QUÉ SE supone que estás haciendo?
  –Voy a prepararme una cama –le informó
  Katrina mientras tomaba una manta y una al-
mohada de un armario.

–La cama de la habitación es grande –dijo Nicos
con calma aparente.

Katrina lo miró a los ojos, desafiante.

–No pienso compartirla contigo.

–¿Es en mí en quién no confías o en ti misma?

–En ti –respondió sin pensárselo.

Colocó un sillón frente al otro y decidió que podía estar bastante cómoda si adoptaba una posición
fetal.

«Hum, no es tan cómodo», admitió para sí misma
mientras intentaba acoplarse. Apagó la lámpara y la
habitación se quedó en penumbras.

Katrina pensó en los acontecimientos del día y se
preguntó si a Siobhan le gustaría abrir una tienda en
Melbourne.

Cambió de posición... pero no le sirvió de nada
porque una pierna se le había dormido. Quizá si se
tumbara de espaldas con las piernas encogidas...

No había pasado mucho tiempo cuando decidió

que allí era imposible dormir. Una media hora después de haberse acostado, salió con cuidado de la improvisada cama que se había montado y extendió la manta sobre la moqueta.

Se inclinó para agarrar la almohada y se dio un golpe en el codo con uno de los sillones. Un débil quejido escapó de sus labios.

¡Diablos! Eso había dolido.

¿Estaría Nicos dormido? Rechazó la tentación de agarrar el almohadón y golpearle en la cabeza con él. Ella era la única culpable por no haber insistido en que tenían que dormir en habitaciones separadas.

En ese preciso instante, la luz de la habitación se encendió y Nicos apareció ante ella.

Sin decirle ni una palabra la tomó en brazos.

–¡Bájame! –gritó, llena de furia.

Exactamente, eso fue lo que hizo, pero en el lado de la cama donde él había estado intentando dormir.

–¡Quédate ahí! –le advirtió con voz helada.

Katrina se puso de pie de un salto mientras él se dirigía al otro lado de la cama.

–¡Que te crees tú eso!

Nicos le lanzó una mirada asesina.

–Si quieres pelea, por mí encantado –esperó un segundo–; pero piensa cómo acabará.

–¡Mira cómo tiemblo!

–Vas a temblar si no te metes en la cama.

Ella no se movió, pero su mirada lanzaba chispas de furia.

–¿Desde cuando te has convertido en semejante tirano dictador?

–Tienes diez segundos, Katrina –advirtió él con frialdad.

Sus ojos se dirigieron hacia el teléfono.

–Llamaré a recepción para que me consigan otra habitación –dijo agarrando el auricular.

Pero ni siquiera tuvo tiempo de marcar un número.

–Ni se te ocurra.

–¿Cómo te atreves?

Sin pensárselo dos veces, agarró un almohadón y se lo tiró.

El enfado de Nicos era palpable.

–Hace tres noches compartimos una cama la mitad que esta.

–Eso fue diferente.

Él se movió con la agilidad de un felino y rodeó la cama.

Katrina se subió al colchón y saltó por el otro lado, pero él la alcanzó enseguida. Mientras luchaba por liberarse, en un momento de locura, lo mordió con fuerza, justo por encima del pecho. Nicos contuvo el aliento y la empujó sobre la cama. Después, se subió sobre sus caderas y le sujetó las muñecas sobre la cabeza.

–¡Déjame en paz! –gritó mientras seguía forcejeando, pero él la tenía bien sujeta.

–¡Basta ya! Te vas a hacer daño.

–¡Maldita sea! ¡Déjame!

Los ojos le brillaban de rabia, con la pupila dilatada en una mezcla de frustración y cólera. Si las miradas pudieran matar, él estaría muerto.

Hizo un último y desesperado intento de huir, pero no logró nada. Su pecho subía y bajaba con la respiración entrecortada.

Nicos esperó a que se tranquilizara. En sus facciones fuertes y masculinas había una agresividad contenida que le hacía perder el aliento.

«No», gimió ella en silencio.

La habitación comenzó a desvanecerse; ya solo quedaba el hombre y la intensidad de su magnetismo.

Una recuerdo primario le suavizó el nudo de la garganta y un calor sensual comenzó a apoderarse de ella.

De sus labios escapó un quejido. ¿Qué le estaba pasando? Parecía que todo había desaparecido y Nicos se había convertido en el centro de su existencia.

Su cuerpo había comenzado a recordar y ella estaba indefensa ante la pasión traidora que estaba despertando.

«Maldito seas, Nicos», dijo en silencio. «No lo hagas».

Pero ya era demasiado tarde.

Lentamente, Nicos bajó la cabeza y con su boca acarició la de ella.

La caricia fue muy evocadora y Nicos notó el leve temblor que había provocado. También se percató del calor. Primero jugueteó con su labio inferior, después, tomó toda la boca, devorándola.

Ella sintió la potente fuerza de su erección contra la parte más sensible de su anatomía.

La necesidad estalló, primitiva, urgente, libidinosa y abrió la boca pidiendo más.

Quería mucho más que una amable seducción. Un gemido, una súplica, escapó de su garganta cuando los labios de él saborearon la línea de su cuello.

«Debería frenar esta situación. Ahora, antes de que sea demasiado tarde», gimió ella en silencio.

Pero no podía hacer nada. Se sentía totalmente impotente ante la profunda necesidad de su ser, hechizada por la brujería erótica de aquel hombre magnífico.

Entonces, la boca de él volvió a encontrar la de ella que le respondió con avidez. Todo su cuerpo ardía en llamas y el aliento se le escapó en un gemido cuando él le quitó el camisón.

Con un movimiento rápido, Nicos la despojó de la ropa interior y se concentró en su pecho. Primero, jugueteando con el pezón, luego, succionándolo sin vergüenza.

Katrina se arqueó de placer y con las manos le recorrió la espalda, acariciándolo, arañándolo. El placer se incrementó cuando él buscó su íntima humedad y encontró la parte sensible que acarició a conciencia.

Ella empezó a arder de pasión, gritando mientras él la llevaba cada vez más y más alto... hasta que no pudo aguantar más y le suplicó que la poseyera.

Nicos la tomó, empujando despacio, y escuchó su respiración jadeante mientras sus músculos se distendían para acomodarlo en su ser. Se quedó quieto, disfrutando de la presión. Después, su cuerpo empezó a moverse, primero despacio, recorriendo todo el camino hacia la salida para después hundirse hasta el fondo. Una y otra vez repitió la ación, aumentando los movimientos hasta que ella se unió a su ritmo y danzaron al unísono empapándose de sudor sensual.

Katrina esperó a que su respiración se calmara, convencida de que no podría mover ni un solo músculo. Cerró los ojos, demasiado alterada para hacer nada. Pero él la abrazó y la apretó contra él, acariciando su piel y besando su pelo.

Katrina se sentía tan bien... era como volver a casa después de una tempestad.

Despacio, ella se incorporó un poco para subirse encima de él. Con una mano se apartó el pelo de la cara y, después, le acarició el pecho dibujando con los dedos una línea a través del vello oscuro hacia su cadera.

Sintió qué él se volvía a excitarse, mientras, ella, incitadora, trazaba una línea hacia delante y hacia atrás en el lugar donde sus cuerpos se unían.

Él reemplazó los dedos de ella por los suyos en la caricia.

La reacción de Katrina fue inmediata, la explosión salvaje de placer exquisito era más de lo que podía soportar y, esa vez, fue ella la que cabalgó sobre él hasta conseguir el éxtasis mutuo.

Katrina se quedó dormida en sus brazos, con la cabeza sobre su pecho.

Durante la noche, se buscaron el uno al otro para volver a hacer el amor, a veces, con urgencia y otras con deliberada lentitud.

Había una parte de ella que no quería que aquella noche terminara. ¿Cuántas veces había soñado con una noche así para despertarse sola con un vacío demasiado real?

Cuando el primer rayo del amanecer se asomó en el horizonte, ella respondió a la caricia de los dedos masculinos, se arqueó ante el toque íntimo y se fundió con el cuerpo de su amante. Encajaban tan bien que parecían dos partes de un todo.

Ya era tarde cuando se levantaron y se fueron al baño a compartir la ducha. Más tarde, se sentaron delante del desayuno que les habían servido en la habitación y disfrutaron del café antes de vestirse para salir.

El último vuelo de la mañana aterrizó en Sidney después del mediodía. Nicos recogió el coche y dejó a Katrina en su oficina antes de dirigirse a su trabajo.

Ella debería haberse sentido cansada, pero en lugar de eso, estaba pletórica de energía. Cuando llegó a su despacho, llamó a su secretaria y se puso a trabajar.

Nicos llamó a las cuatro para decirle que llegaría tarde.

—No me esperes para cenar.

Eran más de las seis cuando Katrina entró en casa y fue directa al frigorífico. Allí había una ensalada fantástica que Marie le había dejado preparada. Después, subió a la habitación para cambiarse y llenar el jacuzzi; su cena podía esperar media hora mientras se relajaba en el agua burbujeante.

Al final, no resultó ser tan buena idea. En lugar de relajarse, los recuerdos de la noche pasada con Nicos invadieron su mente. El solo pensamiento de lo que habían compartido le ponía los pelos de punta, pero lo peor era recordar su ávida respuesta.

Nada había cambiado, decidió mientras cerraba los ojos con resignación.

¿A quién quería engañar? Todo había cambiado

Eran casi las siete cuando se puso unos vaqueros, una camiseta ajustada de algodón y bajó a la cocina.

La ensalada estaba deliciosa. Cuando acabó se acurrucó en un sillón en la sala de estar y encendió la televisión.

Se debió quedar dormida, porque se despertó con el roce de unos brazos bajo sus muslos.

—¿Nicos?

—¿A quién si no estabas esperando? —preguntó él, divertido.

—Yo puedo andar sola —declaró ella cortante—. Suéltame.

Él llegó a las escaleras y comenzó a subirlas.

—¿Acaso dudas de mi habilidad para llevarte?

—¡Por el amor de Dios, suéltame! —volvió a pedir cuando llegaron arriba.

Él la dejó en el suelo y ella se alejó unos cuantos pasos, después se dirigió hacia su habitación.

—Buenas noches.

—¿Adónde se supone que vas?

Nicos hizo la pregunta con tranquilidad, pero bajo las palabras se ocultaba un tono serio.

–A mi habitación.

–No.

–¿Qué quiere decir no?

–Anoche...

–Anoche fue un error. Nos dejamos llevar.

Palabras, solo eran eso, palabras. Y ninguna describía lo involucrada que estaba emocionalmente.

La mirada de Nicos se oscureció.

–¿Así es como lo describes? «¿Nos dejamos llevar?»

–¿Cómo te gustaría llamarlo? –preguntó ella sosteniéndole la mirada.

–Compartimos la misma habitación, la misma cama –él silenció una protesta con un dedo–. No tienes alternativa.

Sus ojos verdes chisporrotearon con furia.

–¿Desde cuándo mandas tú?

Él le acarició la mejilla con el dorso de la mano.

–Desde que hicimos el amor anoche.

Ella sintió que empezaba a derretirse.

–Fue sexo.

–Oh, claro que fue sexo, *pedhi mou*. Del mejor.

Él sonaba divertido, mientras, ella luchaba por controlar la respuesta inmediata de su cuerpo. No quería sucumbir a su seducción. Le había llevado meses construir una barrera y en una sola noche, él se las había arreglado para echarla abajo.

–Estoy cansada –fue todo lo que se le ocurrió decir–. Lo único que quiero es meterme en la cama. Mi cama. Sola.

Él le acarició los labios con el pulgar.

–No te preocupes –le dijo con amabilidad–. Pero no estarás sola.

Una vez dicho eso, se dio la vuelta y se dirigió hacia su habitación.

¿Es que no podía ver que necesitaba tiempo para asimilar lo que había pasado entre ellos? ¿Que estaba en guerra con ella misma por haber sucumbido tan fácilmente a sus caricias?

A la luz del día, lo único en lo que podía pensar era en su debilidad. Lo peor de todo era que ese hombre la había traicionado con otra mujer y esa mujer tenía un hijo suyo.

Quería odiarlo y se dijo a sí misma que ya lo odiaba; pero se odiaba más a ella.

Katrina llegó a su habitación y cerró la puerta. No había cerrojo por lo que, a menos que pusiera un mueble detrás de la puerta, no había nada que pudiera hacer para mantenerlo a distancia.

Sin embargo, podía dejarle ver que quería estar sola. Había otras tres habitaciones. Ocuparía una de ellas con la esperanza de que se diera cuenta de que no quería estar con él.

Eligió una habitación, preparó la cama y se acostó.

Se debería haber quedado dormida en cuanto su cabeza tocó la almohada, sin embargo, se quedó mirando a la oscuridad completamente tensa.

Se dijo a sí misma que no lo deseaba. Sin embargo, su cuerpo decía todo lo contrario. Mientras, los recuerdos le ofrecían vívidas imágenes de lo que había sucedido entre ellos la noche anterior.

Sería tan fácil adoptar una postura racional y dedicarse a disfrutar del sexo... «¿Por qué no?», preguntó una voz interior. Sencillamente, podía disfrutar de un gran placer físico durante el año que iban a estar juntos y, después, marcharse. Con el corazón intacto, sin arrepentimientos.

Imposible. Ella le había regalado su corazón y su alma casi en el mismo instante en el que se conocieron. Durante meses había pensado que los había recuperado, pero la noche anterior le había demostrado que todavía le pertenecían a él. Y siempre le pertenecerían.

Se odió por eso. Lo odió a él.

Un rayo de luz penetró en la habitación cuando la puerta se abrió y su cuerpo se puso rígido cuando reconoció la silueta de Nicos.

Katrina cerró los ojos. Quizá, si se quedaba quieta, él creería que estaba dormida.

Debería haberlo conocido mejor. A los pocos segundos, sintió que las mantas se movían seguidas por la suave presión al tumbarse al lado de ella.

¿Cuánto tiempo pasaría hasta que se abalanzara sobre ella? ¿Cinco segundos, diez?

Unos minutos más tarde, ella seguía contando mientras hacia esfuerzos por mantener su respiración calmada.

—¿Qué es lo que te proponías? ¿Jugar al escondite? —preguntó Nicos.

¿Acaso se había dado cuenta de que estaba despierta?

—No te enfurruñes.

–Yo no me enfurruño –respondió Katrina dándose la vuelta. Después, deseó no haberlo hecho, porque él estaba tumbado frente a ella con un codo apoyado en la almohada.

Con un movimiento ágil, encendió la lámpara de la mesilla de noche y ella pudo observar que su mirada oscura tenía una chispa de humor... y algo más que no se atrevía a definir.

–Estoy intentado dormir.

–Sin éxito.

–¿Tú que sabes?

Él le pasó el dorso de la mano por la mejilla y siguió hasta los labios.

–No hagas eso.

Sintió como sus labios temblaban bajo su mano y notó que el pulso saltaba en la base de su cuello.

–¿Estás cansada?

Un calor apasionado comenzó a inundarla y casi se atraganta.

–Sí

Él se inclinó y posó sus labios sobre los de ella.

–¿Quieres que yo lo haga todo? Preguntó con suavidad mientras que su mano seguía el camino hacia una exploración íntima.

–No juegas limpio –dijo ella con tan poca voz que apenas produjo un susurro.

–¿Eso quiere decir sí o no?

Él poseía una habilidad que la hizo arquearse hacia él mientras emitía un quejido ronco.

Nicos unió su lengua con la de ella en un baile erótico ahogando los gemidos de placer que salían de la garganta de Katrina.

Nicos se lo tomó con calma. La sedujo lentamente, acariciándola despacio, siguiendo un camino
que la condujo al éxtasis.

Después, la pegó contra su cuerpo y escondió la
cara en su pelo.

Capítulo 8

DURANTE el mes de abril, se celebraba la cena de gala para festejar la primavera. Una de la asociaciones de caridad más importante de la ciudad era la encargada de organizarla y a ella asistía toda la elite del país. El evento era seguido por todos lo medios de comunicación y los periodistas estaban a la captura de fotos.

Con tantas organizaciones caritativas en la ciudad, eran muchas las ocasiones en las que los famosos se podían reunir. Algunos iban a todas las fiestas, otros, eran más selectivos y decidían obsequiar con su presencia solo a algunas.

El encuentro de aquella noche iba a reunir a lo mejor de lo mejor, reconoció Katrina mientras entraba en el gran salón al lado de Nicos. Un condimento interesante sería la reconciliación entre ellos.

Iba a tener que ser habilidosa con Siobhan, Andrea y Chloe. Cada una estaría sentada en una mesa diferente con su grupo de amigos.

En algún lugar de aquel entramado, estarían Paula y Enrique. Los dos se desagradaban mutuamente pero, en aras de la etiqueta social, podían asistir a la misma fiesta mientras hacían todo lo posible para evitarse.

Después de muchos años de experiencia como hija de Kevin, Katrina había elegido un traje de noche espectacular. El satén verde se amoldaba a sus curvas como una segunda piel hasta las rodillas. Desde allí salía un enorme volante que se volvía a ceñir a la altura de los tobillos. Iba calzada con unas sandalias de tacón vertiginoso. Las únicas joyas que se había puesto eran un delicado colgante con un diamante y los pendientes y el brazalete a juego. Para completar el atuendo, llevaba el pelo recogido en un elegante moño francés.

«Sonríe», se dijo en silencio. Una expresión alegre era un pequeño precio para sobrevivir a la noche.

—¿Preparada para la batalla? —murmuró él mientras la conducía hacia su mesa.

—¿Acaso lo dudas? Allí está Siobhan —indicó Katrina y sintió el roce de sus dedos en la espalda.

—Andrea y Chloe están sentadas en extremos opuestos del salón.

Ella le ofreció una sonrisa encantadora.

—Entonces vayamos a saludarlas por orden de aparición.

Les llevó un tiempo acomodarse en sus propios asientos. A lo largo de la velada, Katrina tuvo la sensación de que eran simples actores en un escenario social en el que cada uno representaba un papel.

¿Estaría Nicos representando el suyo al colmarla de atenciones? ¿El roce de su mano, la acariciadora sonrisa?

Una parte de ella deseaba que todo fuera genuino, pero otra, le daba miedo porque no sabía cómo corresponderle.

Solo tenía que mirarlo para ver al hombre que había bajo la fachada de sofisticación. El corte impecable del traje resaltaba un cuerpo masculino en condiciones físicas extraordinarias. Su aura era intensamente sensual, con una sexualidad primitiva.

Esos ojos, esa boca... «¡Por Dios, Katrina. Contrólate!», se dijo a sí misma, mientras un escalofrío le recorría la espina dorsal.

La comida constaba de tres platos aderezados con habilidad por actuaciones. Mientras servían el postre Katrina echó una ojeada para ver quién había.

El corazón le dio un vuelco al ver una melena morena que le era familiar. La altura, el aspecto...

No podía ser.

Cuando estaba mirándola, la mujer se volvió lentamente y Katrina sintió que la sangre le abandonaba el rostro.

«Georgia».

¿Qué estaba haciendo allí? En Sidney y en un evento al que solo se podía ir con invitación...

Entonces vio que su hermanastro le entregaba una bebida y todo encajó.

Enrique, encolerizado por su reiterada negativa a prestarle dinero, había elegido darle problemas de la manera más diabólica que se le había ocurrido.

Su primer instinto fue escapar. Pero con eso, Enrique se sentiría muy satisfecho y ella no estaba dispuesta a darle esa satisfacción.

¿La habría visto Nicos? Lo dudaba. Estaba enfrascado en una conversación con un colega y Georgia y Enrique estaban fuera de su visión.

Katrina se dio cuenta del momento exacto en el que Nicos los vio. En apariencia no se inmutó, pero ella podría haber jurado que todos sus músculos se tensaron bajo el esmoquin.

A continuación, Georgia se giró hacia su acompañante y, con una sonrisa, le dijo algo al oído. Después se levantó y se puso a caminar hacia ellos.

—Parece que esto se pone interesante —declaró Katrina en voz baja.

—¡Compórtate! —le advirtió Nicos.

—Por Dios, Nicos —le dijo con una inocente sonrisa—. Pienso ser la encarnación misma de la educación.

Seguro que había muchos ojos ávidos siguiendo cada movimiento, cada gesto en sus facciones, pensó ella.

Su separación había llenado las páginas de las revistas durante bastante tiempo y su reconciliación estaba acaparando portadas.

La aparición de la ex amante de Nicos Kasoulis era un motivo para que la gente murmurara y no hacía falta mucha imaginación para saber que se estarían haciendo muchas especulaciones sobre el motivo del regreso de Georgia Burton.

—¿Qué tal Nicos? —profirió el nombre con voz aterciopelada, mientras sus ojos lo estaban devorando—. Esperaba encontrarte aquí esta noche.

Seguro. «Apuesto a que lo habías planeado hasta el último detalle», pensó Katrina mientras saludaba a la mujer.

–No has contestado a mis llamadas –le reprochó la mujer con un gesto infantil.

–No tenía ningún motivo para hacerlo –le informó Nicos con una frialdad que producía escalofríos.

–¿Ni siquiera por los viejos tiempos? Nos conocemos desde hace mucho.

–Y todo acabó... hace ya mucho tiempo.

Su expresión era calculadora.

–¿Cómo puedes decir eso cuando tenemos un hijo juntos?

–Tú tienes un hijo –reconoció Nicos– y los dos sabemos que no es mío.

–¿Todavía lo niegas, Nicos?

–El perjurio es una ofensa castigada por la ley, Georgia.

–También lo es incumplir las obligaciones con un hijo –replicó ella.

–Tu osadía es increíble.

–«Increíble» es la mejor palabra para describir tus habilidades sexuales –soltó la modelo, girándose hacia Katrina–. Seguro que estás de acuerdo conmigo.

Ella no se molestó en contestarle y observó cómo Georgia les ofrecía una sonrisa fingida y se perdía entre la multitud.

–Menos mal que se ha ido.

Nicos le dedicó una mirada indescifrable.

–Está buscando problemas.

–Y tú no lo vas a permitir –afirmó ella, sintiendo que la furia comenzaba a bullirle bajo una apariencia tranquila.

–No.

–Creo que tengo que ir al lavabo.

–¿Quieres huir?

–Por primera vez, tienes razón.

Le habían enseñado a colocar una sonrisa en su rostro y mantener la cabeza bien alta... Después de tantos años de práctica, le resultaba muy sencillo adoptar una máscara para la sociedad. Era un juego y ella lo jugaba muy bien.

La ayudó bastante saludar a unos cuantos conocidos, pararse a conversar con un par de invitados.

El aseo estaba casi vació. Katrina se pasó una mano por el pelo y retocó su carmín. Estaba a punto de marcharse cuando Georgia entró en la habitación.

¿Una coincidencia? Era poco probable. Se trataba de un movimiento deliberado para iniciar una lucha cara a cara.

Ella podría escaparse, pero, para qué molestarse si la mujer estaba dispuesta a decir lo que tenía que decir.

–Me imagino que me has seguido hasta aquí por algún motivo.

–Por supuesto.

–Entonces, ¿por qué no vas directa al grano?

–Los términos del testamento de tu padre deben haber sido terribles para ti –comenzó a decir la modelo con languidez.

El juego estaba a punto de comenzar.

–¿A qué te refieres?

–Bueno, pues a tener que compartir la casa con Nicos, por supuesto.

El ataque era mejor táctica que la defensa.

–¿Después de que me traicionara?

–Seguro que tiene que ser difícil.

–Hemos llegado a un acuerdo –afirmó Katrina con tranquilidad.

–¡Oh!

–Y, mientras tanto, disfrutamos de los beneficios.

–¿Como cuales?

–Sexo –dijo, fingiendo complicidad–. Como tú bien has dicho, Nicos es increíble.

Los ojos de Georgia se entrecerraron. Había ganado Katrina. ¿Pero cuanto tardaría la modelo en empatar el juego?

–Estoy de acuerdo contigo, guapa. ¿Pero, estás segura de que es en ti en quien está pensando en ese... eh... –hizo una pausa para causar efecto–... intenso momento?

Demasiado rápido, pensó Katrina; pero antes de que pudiera decir nada, Georgia continuó:

–¿Cómo puedes competir conmigo, sabiendo que tengo un hijo suyo?

–¿Está eso demostrado?

–¿Por qué crees que están nuestros abogados hablando de un acuerdo y una manutención para el niño?

Ya no estaba tan tranquila, concedió, dándose cuenta de que estaba empezando a perder la jugada.

–¿Y dónde está tu hijo, Georgia? ¿No crees que es un poco pequeño para dejarlo solo?

–Mi madre ha venido a vivir conmigo y, por supuesto, tengo una niñera.

–Si fueras tan importante para Nicos, ¿por qué crees que no comenzó el proceso de divorcio en cuanto yo lo dejé?

–¿Cómo estás tan segura de que no lo hizo? En Australia, después de un año de separación, el proceso de divorcio comienza de manera automática.

–Pero nuestra reconciliación estropeó el proceso...

Georgia afiló la uñas dispuesta a matar.

–No del todo. Un año no es mucho tiempo. Estoy dispuesta a dejártelo una temporada –su sonrisa era realmente maliciosa–. Después de todo, pretendo quedármelo para toda la vida.

–¡Qué segura estás!

–¡Convencida!

Katrina se sintió enferma.

–¿Qué te hace pensar que yo lo voy a dejar tan fácilmente?

–Ya lo hiciste una vez. ¿Por qué iba a ser esta vez diferente? –una suave risa escapó de su boca–. Querida, sé que tú no vas a luchar por él. Sería un esfuerzo muy grande.

–¿Un esfuerzo para quién?

Hubo un breve silencio. Después Georgia afirmó:

–Yo siempre gano.

–Yo también.

La modelo se tomó un tiempo para mirarse en el espejo antes de volverse hacia Katrina.

–Entonces. Ya veremos quién se lleva la presa.

Como frase final del entreacto no estaba mal.

Katrina necesitó unos segundos para recuperar la calma antes de volver al salón.

Nicos la observó mientras cruzaba en dirección a donde él estaba.

Katrina era una mujer con agallas, pero el dolor por la muerte de Kevin la había debilitado y Georgia, con su persistencia, era insidiosa. Sintió exasperación por la mala suerte que había tenido con esa mujer e impaciencia por tener que esperar a una resolución judicial.

–Georgia se aseguró de encontrarse contigo.

–Ah, te has dado cuenta –dijo ella, levantando la barbilla.

–Hay pocas cosas sobre ti que me pasen desapercibidas.

–Ya estamos –comentó ella con impertinencia–. Ahora, se supone que me tengo que sentir halagada.

–Te ha molestado –no era una pregunta, era una afirmación.

–Muy observador. Por favor, no me pidas que te lo cuente con todo detalle.

–Katrina...

–Volvamos a representar nuestro papel, ¿te parece?

–Por el momento.

Había amigos con los que tenían que hablar, conocidos a los que saludar y no se pudieron escapar hasta pasada la media noche.

–¿Quieres hablar del tema? –le preguntó Nicos mientras conducía hacia casa.

Él había estado realmente frío con Georgia... ¿Lo habría hecho por ella?

–No, especialmente.

En cuanto llegaron a casa, ella se dirigió hacia las escaleras a paso rápido como si quisiera poner entre ellos la máxima distancia.

Pero eso era ridículo, admitió en silencio al llegar al descansillo y se dirigió hacia el dormitorio que los dos compartían.

Nicos la siguió. Observó cómo se quitaba las sandalias y se deshacía de las joyas antes de desabrocharse la cremallera del traje de noche.

–No sabía que acudiría a la fiesta.

Ella paró un instante, pero después siguió quitándose el vestido.

Nicos se preguntó si sería consciente de lo atractiva que estaba: piel blanca, suave como la seda; cuerpo esbelto de curvas tonificadas y unos pechos firmes que encajaban a la perfección dentro de sus palmas.

Le apetecía agarrarla por las caderas y deslizar las manos hacia sus pechos, frotarle los pezones con los pulgares antes de remplazar las manos con la boca.

–No me importa –dijo ella mirando hacia otro lado.

Nicos se acercó a ella y le dio la vuelta para verle la cara.

–Sí te importa.

Su voz era suave como el terciopelo y ella luchó contra sus sentimientos, temerosa de que él se diera cuenta de su fragilidad.

–No –pronunció la palabra como una súplica

desesperada cuando la cabeza de él se inclinó sobre la suya. Ella cerró los labios, pero estos se abrieron de forma involuntaria al primer roce de su lengua.

Era un beso para morirse: suave, evocador, persuasivo. Katrina hizo caso omiso de la vocecilla interior que le prevenía contra él.

Un gemido débil escapó de su garganta cuando el beso empezó a convertirse en una imitación del acto sexual.

Ya era demasiado tarde.

No se dio cuenta de que él se quitaba la ropa. Extendió los brazos y hundió la cara en su torso. Él la llevó a la cama y la magia de su boca incitó una respuesta desinhibida.

Fue más tarde, mucho más tarde, cuando ella se alejó de él, enfadada consigo misma por su debilidad y porque él se aprovechara de eso.

–Niega lo que compartimos, si puedes –le dijo Nicos con dureza.

–¿Se supone que eso me tiene que hacer sentir bien? ¿Crees que no me odio a mí misma por esta... adicción a...?

–¿Al sexo?

–A ti.

–Gracias, *agape mou* –dijo él con dulzura–, por la flor.

Katrina comenzó a hablar enfadada.

–Debería ser incapaz de sentir así. Es... repugnante.

La expresión de él se endureció y ella vio que su mandíbula se tensaba.

—Puedo pensar en muchas descripciones; pero «repugnante» no es una de ellas.

—¿Cómo lo llamarías tú?

—Magia sensual, pasión primitiva, puro deseo... que se convierte en algo único... para los dos. Siempre ha sido así.

Al principio había sido eso, y mucho más. Incluso ahora, después de todo lo que les había separado, la intensidad emocional era igual de feroz.

Hacía un año, ella habría jurado que era amor. ¿Pero como podía darle ese nombre ahora después de su infidelidad? No tenía ningún sentido.

—Sin embargo, tres meses después de nuestro matrimonio... tres meses —recalcó ella— tu amante disfrutó dando la noticia de su embarazo, gritando a los cuatro vientos que tú eras el padre —el tono de su voz se elevó—. ¡Debiste irte directo a su cama al volver de nuestra luna de miel!

—En ese preciso momento, fue cuando tú preferiste creerla a ella que creerme a mí —dijo él, aguantándose las ganas de zarandearla—. ¿Te has parado a pensar cómo me sentí yo? —tenía ganas de golpear algo. Pronto, tendría la prueba que necesitaba; pero, de momento, solo tenía palabras—. ¿Nunca se te ocurrió pensar que Georgia actuó deliberadamente para destruir nuestro matrimonio?

—Sí —admitió con honestidad pues ese había sido uno de sus primeros pensamientos. Pero la modelo le dio fechas, nombres de lugares, hoteles, le mostró facturas... El horror vivido al ver aquellas pruebas volvió a su mente con tanto realismo que se sintió desfallecer.

—No estuve con ella.

–¡Maldita sea! ¡Estaba embarazada! –exclamó Katrina–. También me mostró la prueba médica.

Ya era demasiado. Con un gruñido de desesperación, se volvió hacia el otro extremo de la cama pero él la sujetó antes de que pudiera marcharse.

–Déjame.

Su mano era firme, como una garra de acero.

–No.

Ella se volvió hacia él, como un felino enfadado.

–¿Qué quieres demostrar, Nicos? ¿La superioridad física del macho? –los ojos le brillaban de furia–. ¿Tu experiencia sexual?

Algo brilló en sus ojos y ella acalló la repentina aprensión que le atenazaba el estómago. Podía sentir la tensión, casi se palpaba.

Entonces, él la colocó encima de su cuerpo. La apretó con fuerza con un brazo mientras, con el otro la agarraba del pelo y arrastraba su cabeza hacia la de él. Se apoderó de su boca de tal forma que la dejó sin aliento.

Ella escuchó que alguien gimoteaba y no se dio cuenta que eran sonidos que escapaban de su propia garganta.

Era posesión. Posesión absoluta y total. Salvaje, devoradora, devastadora. Casi bárbara; como si quisiera imprimir su imagen en su alma.

Algo se conmovió dentro de ella, una respuesta, una necesidad urgente que la hizo remplazar su pasividad por una respuesta activa.

Katrina apenas fue consciente del cambio, solo supo que sentía la misma pasión que él, la misma avidez y la necesidad de dar y tomar con el mismo fervor.

Duro y rápido, sin preliminares. Ella quería, necesitaba, esa fuerza, la intensidad de una unión animal sin trabas ni barreras.

Se agarró a sus hombros para empujar con fuerza, su voz apenas era un sonido gutural mientras se arqueaba contra él para acomodar los pliegues húmedos de su feminidad contra la fuerza de su erección.

Con intención de atormentarlo, se movió sobre él. Despacio, acariciando lentamente la longitud de su miembro una y otra vez, creando un masaje que arrancó de los labios de él un gruñido profundo.

Ella se levantó, provocándolo durante unos segundos antes de tomarlo de nuevo en lo más profundo con un movimiento lento y doloroso que ponía a prueba el control de él tanto como el de ella.

Una pasión desenfrenada estalló, pura y libidinosa, y juntos cabalgaron hasta que los dos quedaron extenuados y empapados en sudor.

Katrina se dejó caer sobre él y suspiró mientras los dedos de él le acariciaban la espalda.

Eso lo era todo. El momento posterior a hacer el amor de una manera tan erótica donde se habían alcanzado todos los placeres sensuales. Un momento especial antes de que los problemas y las dudas volvieran a aparecer.

Lo que acababan de compartir era algo más que sexo. Más que simple deseo mutuo.

En ese preciso instante, Katrina odiaba darle un nombre.

¿Podría volver a ser todo como antes?

¿Podría volver a confiar en él plenamente? ¿Podría él serle totalmente fiel? Juntos sus corazones latían al unísono, eran una sola alma y un solo amor.

Al principio, había pensado que nada ni nadie se podría interponer entre ellos.

Pero alguien lo había conseguido y el espectro de Georgia aún no había desaparecido.

Capítulo 9

BUENOS días, dormilona.

Katrina se despertó, levantó la cabeza y gimió. Después se dio la vuelta y escondió la cabeza bajo la almohada.

–Pero si es medianoche –protestó con voz ronca.

–Son las nueve –le informó Nicos divertido–. Te he traído el desayuno a la cama, después nos vamos al monte de excursión.

No estaba segura de qué era lo que más la sorprendía, si el desayuno en la cama o la excursión, se dijo mientras apartaba la almohada y se giraba a mirarlo.

–¿Te has vuelto loco?

Era cierto que ya era primavera, pero todavía hacia frío. Y más frío aún haría en la montaña.

El colchón se hundió bajo el peso de Nicos. El aroma del café recién hecho inundó sus sentidos. También había tostadas y zumo de naranja.

Ella se incorporó y se puso la almohada en la espalda.

–¿Qué quieres? –preguntó, después de darle un sorbo largo al zumo.

Él extendió las piernas sobre la cama, la imitó

con la almohada y empezó a saborear su plato de huevos con tocino.

−¿Acaso no puedo preparar el desayuno y servírselo a mi mujer en la cama solo por amabilidad?

Él ya se había duchado y vestido.

Katrina lo miró acusadora por tener un aspecto tan fresco y tan vital a aquella hora de la mañana. Ella tenía el pelo alborotado, estaba desnuda y necesitaba, como mínimo, otra hora de sueño.

−No −respondió ella con convicción.

−Que yo recuerde, te he traído el desayuno a la cama en varias ocasiones.

−Sí, pero antes lo que pretendías era que me quedara en la cama, no que me levantara.

−He pensado que podíamos hacer una excursión, escaparnos de la ciudad.

Ella acabó su zumo y empezó a untar una tostada con mantequilla. ¿Sería posible mantener una relación de camaradería? ¿Podría dejar a un lado la animadversión y, sobretodo, olvidarse de Georgia por un día?

−Sin teléfonos, ni interrupciones −continuó él.

−Los dos tenemos teléfono móvil −le recordó ella con cinismo.

−Los apagaremos.

−Hará frío en las montañas.

−Si prefieres que nos quedemos en la cama puedes intentar convencerme.

−Una excursión es una buena idea −dijo ella con rapidez y él dejó escapar una risita.

La verdad era que tenía otras alternativas, pero ninguna le apetecía tanto.

Además, pasar todo un día juntos podía ayudarlos a ver su relación desde otra perspectiva.

¿Qué perspectiva?, se preguntó mientras se daba una ducha.

Solo habían pasado nueve días desde que se mudó y ya compartían la misma habitación y la misma cama. ¿Qué decía aquello de ella? ¿Que era débil y vulnerable? ¿O que estaba disfrutando de los buenos momentos de su relación?

Nada de eso era verdad, se respondió mientras se ponía unos vaqueros y unas zapatillas.

Había una parte de ella que quería bloquear el torbellino que la reaparición de Georgia había causado. Desde luego, la mujer había sido de lo más oportuna. ¿Lo habría hecho a propósito para destruir cualquier oportunidad que pudiera conducir hacia una reconciliación verdadera?

¿Era ese su propósito? Dios santo, ¿tan desesperada estaría?

Katrina no quería seguir pensando en ella por lo que agarró un jersey y bajó las escaleras. Tenía toda la intención de disfrutar del día sin pensar en nada ni censurarse por nada.

Nicos la llevó por la autopista del oeste hacia Katoomba. Pararon en uno de los pueblos del camino y compraron bocadillos, fruta, agua y siguieron su camino a través de valles. Cuando llegaron a un desvío que conducía a una cascada pintoresca, decidieron tomarlo para parar a comer.

Nicos sacó una manta del coche y la extendió sobre la hierba. Se sentaron allí y comenzaron a comer en silencio.

Hacía frío, mucho más frío que en Sidney. La paz y la tranquilidad que se respiraban en aquel lugar eran un verdadero contraste. Casi se podía oír el silencio más allá del ruido de la cascada.

La soledad era completa y la belleza del lugar la invadía.

Katrina acabó su bocadillo y tomó una manzana.

–Gracias –dijo con tranquilidad.

–¿Por traerte aquí?

–Sí.

Podía sentir que la tensión de las últimas semanas comenzaba a disminuir y un sentimiento de paz la inundaba. La ciudad parecía esta muy lejos, igual que el estrés de cada día, las llamadas de Enrique... Georgia. Incluso la confrontación con Nicos parecía haber desaparecido.

Nicos cerró la botella de agua y se estiró. Sus vaqueros moldeaban sus muslos a la perfección. Llevaba un jersey de lana gorda que acentuaba la anchura de sus hombros y la musculatura de su torso.

Katrina se acabó la manzana que estaba comiendo y se puso de pie.

–No hay prisa –le dijo Nicos, volviendo a sentarla a su lado–. Descansa un rato.

Estaba cansada, quizás, si cerraba los ojos durante media hora...

–Es la hora de marcharnos. Va a empezar a llover.

Katrina abrió los ojos y miró al cielo plomizo.

—¿Qué hora es?

Era mucho más tarde de lo que se había imaginado. ¡Había dormido más de una hora!

Tan pronto como se montaron en el coche, la lluvia comenzó a caer sobre el parabrisas y el follaje verde adquirió un brillo verde azulado. Cuando llegaron al valle, después de atravesar las montañas, la lluvia había cesado y había sido sustituida por un sol radiante.

Por algún motivo a Katrina no le apetecía que el día se acabara.

—¿Te apetece dar un paseo y tomar una pizza? —le preguntó Nicos cuando se acercaban a la ciudad.

—Muy bien —aceptó ella con una sonrisa.

Pasaron un rato agradable paseando por las calles. Después, entraron en un restaurante italiano donde tomaron la mejor pizza que jamás habían probado acompañada de vino y seguida de un café solo.

Cuando volvieron a casa, fueron directos al piso de arriba. De mutuo acuerdo, decidieron compartir la ducha. Luego Nicos la tomó en brazos y la llevó a la cama.

Una risa escapó de sus labios cuando ella se subió encima.

Esa noche era para él, para darle placer.

Su piel sabía a jabón y almizcle masculino, pensó Katrina mientras saboreaba su cuerpo. Empezó por la boca, después, descendió por el cuello hasta el pecho. Allí se detuvo a mordisquearle los pezones antes de continuar hacia abajo... Cuando llegó a la parte más vulnerable de su anatomía, lo atormentó con sus labios, trazando toda su longitud con la punta de la lengua, depositando una estela de besos desde el nacimiento hasta la sensible punta.

El gruñido de Nicos la incitó a que se tomara más libertades y ella se embarcó en una caricia tan sensual que casi lo lleva a perder el control.

Después fue ella la que gritó cuando él le devolvió el placer, demorándose hasta que ella se volvió loca y le suplicó que la poseyera.

Mucho tiempo después, aún permanecían juntos, con las piernas entrelazadas, la cabeza de ella sobre su pecho y los labios de él ocultos en el pelo de ella.

Ya era casi mediodía cuando Katrina escuchó los mensajes del contestador. Siobhan le proponía que comieran juntas un día; Enrique le pedía que le devolviera la llamada urgentemente, seguida de una segunda llamada con el mismo tono; Harry le hablaba sobre unos muebles que había visto y que quería discutir con ella al día siguiente; finalmente, había otros dos menajes de unas amigas que querían quedar con ella.

Ella devolvió la llamada a todos y después se puso a trabajar. Distribuyendo, delegando, aplazando, todo con la diligencia que Kevin tanto había respetado.

Por primera vez en mucho tiempo, consiguió abandonar la oficina antes de las cinco, pero no le sirvió de mucho porque pilló un atasco que le impidió llegar a Point Piper antes de las seis.

En consecuencia, no había tiempo para darse la ducha que había planeado. Para esa ocasión eligió un traje de noche cortado al bies en capas de verde esmeralda y crema... colores que resaltaban el tono de su melena y de su tez.

Cuando acabó de maquillarse, tomó su bolso de mano y salió a buscar a Nicos que estaba esperándola en la sala. Estaba arrollador con el esmoquin negro, la camisa blanca y la pajarita.

Con solo mirarlo, una chispa eléctrica le recorría todo el cuerpo.

Cenaron en un restaurante exclusivo de Double Bay antes de dirigirse al teatro de la ópera.

El *Lago de los cisnes* era un clásico, la música era soberbia y los bailarines cumplieron con sus movimientos con una perfección que quitaba el aliento.

Un acto siguió al otro, cada uno representado de manera espléndida y a Katrina le dio pena cuando el telón cayó en el último acto.

Les llevó un tiempo salir del teatro y llegar al coche. Antes de volver a casa, fueron a uno de sus cafés favoritos. Resultó una manera muy agradable de acabar la noche.

–¿En qué piensas? –le preguntó Nicos mientras se dirigían agarrados de la mano hacia el coche.

–En que me siento bien –respondió ella con sinceridad y observó que las comisuras de sus labios se curvaban en una preciosa sonrisa.

Eran casi las doce de la noche cuando llegaron a casa. Katrina no se quejó cuando Nicos la desnudó y la llevó en brazos a la cama.

Hicieron el amor despacio, lentamente y, después, ella se acurrucó a su lado hasta la mañana siguiente.

Nicos ya se había marchado cuando Katrina se despertó. Se duchó y vistió y bajó a tomar un desayuno rápido.

En cuanto llegó a la oficina, encendió el ordenador y se puso a trabajar, frunciendo el ceño molesta cada vez que el teléfono rompía su concentración.

Cuando el aparato volvió a sonar lo contestó de manera automática.

–¿Diga?

–Deberíamos comer juntos.

Katrina reconoció la voz de su hermanastro y le cortó en seco.

–Ni lo pienses –se negó con firmeza–. Tengo una cita para comer con un colega –respuesta que en cierto modo era verdad y que a Harry le encantaría.

–Tengo información muy interesante de Nicos.

–¿Tienes un precio?

–Ya me conoces.

Demasiado bien.

–Si quisiera una relación de los movimientos de Nicos, contrataría a un detective privado –respondió ella con suavidad–. Adiós, Enrique –concluyó con resignación.

–Nicos está en Brisbane con Georgia.

Su corazón dejó de latir un segundo para luego hacerlo de manera acelerada. Nicos no le había dicho nada.

–Llámalo a su oficina si no me crees.

–No tengo tiempo para esto.

–Pero debes sentir curiosidad.

«Curiosidad» era una palabra muy suave para lo

que ella sentía en aquel momento. Rabia se aproximaba más.

–Tienes mi número de teléfono –terminó Enrique.

Ella intentó olvidarse de la llamada y concentrarse en los números que aparecían en la pantalla del ordenador.

Pero no funcionó. Su concentración había desaparecido y, después de cometer el tercer error, guardó lo que estaba haciendo y llamó a Nicos por la línea privada. A la tercera llamada saltó un mensaje en el que decía que lo llamaran al móvil

Lo que, sencillamente, podía significar que estaba en una reunión importante o fuera de la oficina, pensó Katrina.

Haciendo un gran esfuerzo volvió a intentar concentrarse en el trabajo que tenía entre manos. Media hora más tarde, volvió a marcar el número y a recibir el mismo mensaje.

«¡Maldita sea!», exclamó para sí. Aquello era ridículo. «Llámalo y continúa con tu trabajo».

Nicos respondió enseguida.

–Enrique está intentando negociar una información –dijo ella sin más preámbulo.

–Y tú optaste por ir directa al implicado.

Su voz tenía un toque de cinismo que le produjo un escalofrío por toda la espina dorsal.

–Sí.

–Esta mañana he tomado el avión para Brisbane con mi abogado para resolver ciertos asuntos legales.

El corazón le dio un vuelco.

–¿Con Georgia?

–Sí.

¿Había esperado que le mintiera?

–Gracias por la aclaración –dijo ella con frialdad y cortó la conexión.

Unos segundos más tarde, su teléfono sonó y ella se negó a contestarlo.

Con determinación de acero, terminó el trabajo del día, agarró su ordenador portátil y dejó la oficina a la hora habitual, sorprendida por estar tan calmada.

Katrina condujo hacia Double Bay y reservó una habitación en el hotel Ritz Carlton.

Una sola noche no alteraría los términos del testamento de Kevin, se dijo con confianza mientras entraba en la habitación lujosa que le habían asignado. Todo estaba a mano. Podía trabajar con su ordenador, pedir una comida y ver en la pantalla cualquier llamada que recibiera en su móvil.

Sentía un cierto placer al pensar en el momento en el que Nicos llegara a casa y descubriera su ausencia. ¿Cuánto tiempo debería dejar pasar antes de llamarlo? Mucho.

A las siete y cuarto, se quitó la ropa, llamó a su madre y se dio una ducha. Después, tomó una cena ligera que le subió el servicio de habitaciones.

Ignoró las llamadas insistentes de Nicos a su móvil. Cuando escuchó los mensajes, su voz sonaba controlada y cortante. ¿En qué momento se daría él por vencido? No lo haría fácilmente, reconoció ella, mientras sonaba el teléfono y comprobaba que el número que aparecía en la pantalla era el de su madre.

—Cielo —dijo Siobhan con amabilidad—. Esto es impropio de ti. Nicos no sabe dónde estás y tú no le contestas al teléfono. Al menos, déjale saber que estás bien.

Siobhan tenía razón.

—Si llama de nuevo —capituló ella.

—Nicos no es un hombre con el que se pueda jugar —le advirtió su madre—. Ten cuidado, Katrina.

Por primera vez en varias horas se sintió incomoda.

El teléfono volvió a sonar a los quince minutos. Nicos.

Ella respondió la llamada con voz fría.

—Estoy bien. Llegaré a casa mañana —y cortó la conexión.

Cuando le teléfono volvió a sonar, no lo contestó.

Intentó trabajar con su ordenador, pero no lo consiguió y, después de una media hora, desistió. Entonces, optó por ver la televisión. Eligió una película. Ajustó los almohadones y se metió en la cama.

Estaba concentrada viendo la película cuando un golpe en la puerta la sobresaltó.

El sentido común ganó al miedo. Ese era un hotel de primera clase con grandes medidas de seguridad. Atravesó la habitación hacia la puerta y comprobó que el cerrojo estaba echado. Después preguntó quién era.

—Servicio de habitaciones, señora.

Katrina entreabrió la puerta y vio a un camarero uniformado con una bandeja.

–Yo no he pedido nada.

–Como no ha bajado al comedor a cenar, la casa le invita a un té.

Ella lo agradeció.

–Un momento.

En unos segundos, descorrió el cerrojo y abrió la puerta.

Gran error, Nicos se materializó detrás del camarero. Ya era demasiado tarde para cerrar la puerta.

Estaba claro que había sobornado al servicio del hotel para que le mandaran a un camarero con té. El camarero entró en la habitación y dejó la bandeja sobre una mesa.

Katrina esperó a que la puerta se cerrara antes de dirigirse a Nicos.

–¿Qué diablos crees que estás haciendo aquí?

Tenía la cara limpia de maquillaje y el pelo suelto en una masa de rizos sobre los hombros. Los ojos brillaban de furia.

–Yo podría hacerte la misma pregunta.

Su voz sonó calmada, controlada.

–Quería estar sola –le aclaró ella.

–Discutamos esto en casa.

–Yo no me muevo de aquí.

Nicos la miró amenazante.

–Podemos tratar el asunto de manera civilizada o puedo llevarte arrastrando al coche.

Ella cerró los puños.

–No te atreverías.

–Ponme a prueba.

–Llamaré a la seguridad del hotel

Él señaló el teléfono que había sobre la mesita de noche.

—Adelante.

—Nicos...

—Tienes cinco minutos para vestirte.

—No.

—No hay alternativa.

Ella juró y maldijo

—Ya han pasado cuatro minutos y medio y sigo contando —dijo él con frialdad.

Podía contar todo lo que le diera la gana, pero ella no se iba a mover ni un centímetro.

Estaban uno frente al otro, como dos guerreros. Pero ella tenía la batalla perdida porque él le superaba en altura y en fuerza.

Las cuales utilizó, llegado el momento. Recogió el ordenador, el traje y los zapatos y se la cargó sobre un hombro como si pesara menos que una pluma.

Pero ella se defendió con uñas y dientes.

—Canalla. Déjame en el suelo.

Él se dirigió a la puerta y ella le golpeó con fuerza.

—Si te atreves a salir de aquí así, te mataré —gritó furiosa.

—Tuviste tu oportunidad de salir con dignidad.

—Nicos...

Pero ya era demasiado tarde.

«Por favor, Dios mío, que no haya nadie en el pasillo o en el ascensor».

El pasillo estaba vacío pero el ascensor, no.

–¡Dios mío! –exclamó una mujer mientras el hombre que tenía a su lado soltaba una risita.

¿Es que no iba a dejar de humillarla jamás?

Cuando el ascensor paró, Nicos la llevó hacia donde tenía el Mercedes.

–Yo tengo mi propio coche.

–Ya mandaré a alguien que lo recoja mañana por la mañana.

–Lo necesito para ir a trabajar.

Nicos dejó el portátil y la ropa en el asiento de atrás y a ella la depositó sobre el cuero mullido del asiento del copiloto.

–Yo te llevaré –cerró la puerta y dio la vuelta al coche para sentarse al volante.

–Eres el hombre más arrogante que he conocido en la vida.

Él arrancó el motor y le dirigió una mirada indescifrable.

–Déjalo para cuando estemos en casa.

Katrina permaneció en silencio hasta que llegaron a la mansión.

Con dignidad, descendió del vehículo y entró en la casa delante de él.

–Vamos a la sala.

Katrina se paró en la mitad del vestíbulo.

–¿Qué tiene de malo este sitio? –dijo mientras se ajustaba el cinturón del albornoz.

Parecía un niña beligerante jugando a vestirse, pensó él, luchando contra la necesidad de darle unos azotes por hacerle pasar el peor momento de su vida.

–Supongamos que me explicas por qué me colgaste y te negaste a recibir mis llamadas. Ni siquiera te molestaste en dejarme un mensaje. Cuando llegué a casa y no estabas me volví loco de preocupación.

–Tu fuiste el que no me dijiste que ibas a Brisbane, presumiblemente, con la intención de ver a Georgia y a tu hijo. Tuvo que ser Enrique el que me informara de todo... ¿Cómo crees que me sentí?

–¿Por eso decidiste escaparte?

–Yo no me escapé.

–¿Cómo llamarías entonces a marcharte a un hotel sin dejarme ningún aviso sobre dónde ibas a estar?

–¡Maldita sea! –estaba muy enfadada–. ¡Me hubiera gustado golpearte! –gritó ella, deseando darle una bofetada por hacerle tanto daño.

–Si hubieras contestado a alguna de mis llamadas...

–¿Me lo habrías explicado todo?

–Sí.

Ella levantó la barbilla.

–Dime lo que piensas que yo quería oír.

–La verdad.

–¿Cuál es la verdad?

–Que después de muchos meses de conversaciones legales, estamos a punto de llegar a una conclusión –dijo mirándola a los ojos–. Georgia ganó un aplazamiento durante el embarazo para hacerse una prueba de ADN para determinar la paternidad del niño. Con el nacimiento, el aplazamiento concluyó y tuvo que hacerse las pruebas. Pero mi abogado no acababa de recibir los resultados. El encuentro de hoy era para conseguirlos. Yo fui con él para añadir algún peso legal al argumento.

–¿Y lo conseguiste?

–Pueden tardar unos cuantos días más.

–Ya me contaste que los celos Georgina la habían llevado a quedarse embarazada de alguien y decir que tú eras el padre. Que era una psicópata con él único objetivo de romper nuestro matrimonio –relató Katrina–. En aquel momento no me creí la historia... –tomó aliento y después dijo lentamente–: y tampoco me la creo ahora.

–Tu confianza en mí es admirable.

Todo el enfado y el dolor salió a la superficie.

–Maldito seas, Nicos. Ella había sido tu amante durante más de un año.

–Una relación que acabó mucho antes de conocerte a ti. Si como ella reclamaba, era el amor de mi vida... ¿por qué me casé contigo?

–¿Por mi futura herencia?

La mirada de él se oscureció y por un breve instante pensó que iba a estrangularla.

–Lárgate de mi vista antes de que haga algo de lo que tenga que arrepentirme –dijo Nicos con una voz amarga que hizo que el estómago de ella se encogiera con aprensión.

Durante un segundo, ella dudó.

–Vete. O te juro que desearás no haber nacido –exclamó él al notar la vacilación.

Katrina se quedó donde estaba. Era una cuestión de fuerza. Mental y emocional. Y ella se negó a rendirse.

–Muy bien –dijo él con una suavidad fría.

En un instante, se la cargó al hombro y la llevó arriba. Una violencia contenida emanaba de su cuerpo y sus manos eran duras cuando la dejó sobe la cama que compartían.

Se quitó la chaqueta, se arrancó la corbata y ella observó hipnotizada cómo se quitaba los zapatos y los pantalones.

Era un hombre magnífico, con una musculatura soberbia. Desnudo y excitado parecía tener una fortaleza invencible.

Sus manos le abrieron el albornoz e inclinó la cabeza para darse un banquete con sus pechos. Ella se estremeció de placer y dolor.

No hubo preliminares y ella gritó cuando la tomó con una embestida potente, después se retiró para penetrar aún más adentro.

Era una unión primitiva que no se molestaba en seducir, solo en satisfacer un hambre bárbara y primaria.

Él provocó en ella un deseo de iguales magnitudes y le clavó los dientes en un músculo del pecho. Nicos gimió y la miró advirtiéndole que se vengaría sin piedad.

Fue su única victoria porque él le agarró las manos y se las sujetó detrás de la cabeza. Comenzó a mordisquearla y sus músculos se tensaron alrededor de él.

Los espasmos aumentaron en intensidad hasta que los dos se fundieron en uno solo.

Era más de lo que ella podía aguantar por lo que comenzó a suplicarle que terminara. Él le hizo caso vaciándose dentro de ella con una convulsión. Des-

pués, giró sobre su espalda con ella entre los brazos.

Ella quería soltarse y marcharse al otro extremo
de la cama, pero él la apretó contra su cuerpo y no
se lo permitió.

Nicos mantuvo el abrazo durante toda la noche.
Cuando ella pensó que se había dormido, intentó liberarse, pero lo único que consiguió fue que él la
abrazara con más fuerza.

Capítulo 10

CUANDO Katrina se despertó estaba sola en la cama. Durante unos segundos rememoró la noche anterior y las imágenes la cautivaron con una intensidad pagana.

El hambre de Nicos había sido salvaje, sin principios... sin pensar en las consecuencias, solo en satisfacer una necesidad primaria.

La furia que mostró había sido infinitamente mayor que si le hubiera gritado o si hubiera estrellado algún objeto contra el suelo.

Cambió de posición y se estiró... y sintió que le dolía todo el cuerpo. También había un tormento interno, un remanente de su posesión.

¿Qué hora sería?

Se dio la vuelta para mirar el despertador y, al ver la hora que era, se sentó en la cama de un salto. ¿Las ocho?

Eso le dejaba treinta minutos para ducharse, vestirse y llegar a la oficina.

Bajó corriendo las escaleras, agarró el portátil y el bolso y se dirigió a la puerta... pero tuvo que frenar en seco porque Nicos se interpuso en su camino.

Durante unos segundos, permaneció inmóvil, con la mirada atrapada en la de él.

Cuando estaba a punto de alcanzarla, su mecanismo de autodefensa se disparó:

—Ya llego tarde.

—En ese caso, unos cuantos minutos más no harán ninguna diferencia.

Ella quería salir de allí, poner distancia entre ellos y ocupar su mente con la rutina del trabajo.

—Tengo que marcharme.

—No —dijo él con suavidad—. No tienes que marcharte —dijo elevando una mano para acariciarle la mejilla.

Dudaba que ella hubiera dormido mejor que él lo había hecho. ¿Cuántas veces había acariciado su cuerpo intranquilo durante la noche mientras se debatía con sus propios demonios?

No importaba nada que ella le hubiera provocado. Su reacción había sido inexcusable.

—¿Qué quieres?

Esa era una pregunta a la que no podía dar una respuesta sencilla. Pero, sobre todo, había una cosa que era muy importante. Con la yema del pulgar le acarició el labio inferior.

—¿Estás bien?

—¿Te importa? —las palabras salieron de su boca antes de que pudiera pararlas.

—Sí.

Era incapaz de evitar el leve temblor que le recorrió el cuerpo.

—No tengo tiempo para una conversación.

Nicos dejó caer la mano.

–¿Esta noche, entonces?

Katrina dio un paso hacia atrás y rodeó su poderosa figura.

–¿Antes, durante o después de la exposición de arte? –vio que sus ojos se oscurecían y fue incapaz de resistirse a preguntar con dulzura–: ¿No lo habrás olvidado?

–No. Acabo de mirar mi agenda.

Ella se volvió antes de salir por la puerta.

–Quizá llegue tarde.

Fue un día espantoso. El tráfico estaba colapsado debido a un accidente de trafico por lo que llegó más tarde de las nueve. Luego descubrió que los ordenadores no funcionaban y tuvo que volver a redactar un contrato que tenía que haber salido a primera hora de la mañana.

Justo cuando pensaba que el día no podía ser peor, su secretaria apareció en su oficina.

–Georgia Burton está en recepción.

Katrina sintió que el estómago se le encogía. Sería muy fácil insistir en que pidiera una cita, pero lo único que conseguiría sería retrasar el encuentro.

–Hazla pasar.

Los nervios hicieron que se colocara el pelo y que se retocara la pintura de los labios. Acababa de cerrar la barra de labios y meterla en un cajón cuando un discreto golpe en la puerta precedió a la entrada de la mujer.

La modelo tenía un aspecto perfecto con un traje pálido de seda, un echarpe colocado con estilo, zapatos de tacón y un maquillaje perfecto.

Katrina le indicó uno de los sillones.

–Por favor, siéntate –invitó y miró a su reloj–. Tengo una reunión dentro de diez minutos.

–Con cinco bastará.

Georgia cruzó la habitación hacia la ventana y dedicó unos preciosos segundos en contemplar el panorama. Después se volvió hacia Katrina.

–Nicos y yo hemos llegado a un acuerdo.

–¿En serio?

–Pensé que te interesaría.

–¿Por qué pensaste eso?

–¿No te preocupa que Nicos y yo nos sigamos viendo?

–¿Por qué debería preocuparme?

–Bueno, teniendo en cuenta que tú eres el obstáculo que impide que él esté con su hijo...

–¿Un obstáculo que tú quieres eliminar?

–Me alegro que entiendas.

«No dejes que lleve las riendas».

–¿Qué? ¿Que este es un último y desesperado intento por tu parte? ¿Cuánto tiempo crees que tardarán en obligarte a que muestres los resultados de la prueba de ADN? –su mirada no tembló mientras afilaba las uñas mentalmente–. ¿Un día?, ¿horas? antes de que tu elaborado plan se caiga en pedazos.

–Nikki es hijo de Nicos.

–Estoy completamente segura de que te gustaría que fuera verdad –se atrevió a decir Katrina, jugando fuerte–. Pero no lo es, ¿verdad?

¿Qué pasaría si estuviera equivocada?

Los ojos de Georgia se empequeñecieron.

–Hace dos días Nicos estuvo en Brisbane conmigo.

–Un encuentro que tuvo lugar en el despacho de un abogado.

–¿Eso es lo que te dijo?

–¿Y si te dijera que tengo un detective privado siguiéndole los pasos?

No lo tenía, pero Georgia no tenía por qué saber eso.

–En ese caso, tendrás detalles de cada encuentro.

«Tranquila», se dijo en silencio. «Solo está poniéndote a prueba». ¿O hablaba en serio? «No te lo tragues».

Intentando recobrar el control, Katrina se puso de pie y se dirigió hacia la puerta.

–Tendrás que excusarme.

Las facciones de Georgia no mostraban el mínimo signo de perturbación.

–Quizá siga casado contigo, pero siempre será mío.

Salió por la puerta con una sonrisa que hizo que Katrina deseara romper algo.

La historia se repetía, pensó mientras volvía a su escritorio.

Hacía nueve meses, ella se había quedado en la oficina descompuesta por la noticia de que Georgia estaba embarazada de Nicos.

¿Habría estado equivocada? ¿Habría Georgia falsificado las evidencias?

Nicos había insistido en que era inocente desde el principio. ¿Y si tenía razón?

No había nada que ella pudiera hacer aparte de esperar los resultados de la prueba de ADN.

No tuvo tiempo para comer y, a media tarde, estaba abatida. Todo lo abatida que podía estar después de aceptar una llamada de su persistente hermanastro.

Ni siquiera podía amenazarlo con decírselo todo a Chloe; su madre era bien consciente de su constante necesidad de dinero y del motivo. Se trataba, según había explicado Chloe, de una fase. Pero a los ojos de Katrina, Enrique había sobrepasado ya varias fases de la adicción.

Eran las cinco y media cuando se marchó de la oficina y se unió a la caravana de coches que invadía la ciudad.

El coche de Nicos ya estaba en el garaje cuando ella aparcó el suyo. Nicos apareció en el vestíbulo cuando ella entró.

—No me preguntes nada.

Se perdió la manera en que él levantó las cejas divertido mientras la miraba subir las escaleras.

Cuando llegó al descansillo, comenzó a desabrocharse la chaqueta y la camisa que llevaba debajo.

Un minuto más tarde, entró en el baño y le lanzó una mirada anhelante al jacuzzi. Le encantaría meterse en aquella bañera espaciosa y encender las numerosas funciones para que hicieran magia con sus músculos. Pero no tenía tiempo.

Una ducha sería suficiente.

Se encontraba cansada y emocionalmente exhausta y le dolía en lugares en los que no quería ni pensar.

Un sonido la puso alerta, pero no pudo evitar lanzar un grito cuando Nicos se metió desnudo con ella...

–¿Qué demonios te crees que estás haciendo?

Él le quitó el gel de las manos.

–Creo que es obvio.

–¡Oh, no! –dijo Katrina con un gemido cuando él se puso a aplicarle el jabón por los hombros. Intentó arrancárselo de las manos, pero no lo consiguió–. ¡Dame eso!

–¿Por qué no te relajas?

«¿Relajarse?» Estaba a punto de conseguirlo cuando él llegó.

–No.

Sin poder evitarlo, sintió que sus manos le daban un suave masaje en el cuello. El masaje continuó por la espalda hacia abajo y, después, centímetro a centímetro, subió de nuevo al cuello.

Le estaba gustando tanto que se olvidó de su enfado y de la tensión del día. Simplemente cerró los ojos y se relajó.

Él le enjabonó cada centímetro del cuerpo, lentamente, y a ella se le escapó un suspiro cuando él recorrió el contorno de sus pechos y bajó hacia sus caderas.

–No tenemos tiempo para eso.

–Sí, lo tenemos.

Sus dedos se deslizaron hacia su pubis y después le acarició con manos expertas.

–No deberíamos llegar tarde –gruñó ella mientras una espiral de placer empezaba a recorrer su cuerpo.

–No –le murmuró Nicos al oído, levantando las manos para atraerla hacia él.

Cerró su boca sobre la de ella, acariciándole suavemente con los labios. Luego deslizó su lengua entre sus dientes y comenzó un exploración lenta y sensual que le enervó la sangre y le aceleró el pulso.

Ella deslizó las manos sobre sus hombros y lo abrazó con fuerza mientras él convertía el beso en algo tan increíblemente erótico que ella perdió la noción del tiempo. Solo ellos dos importaban y la magia que fluía a su alrededor.

Nicos se retiró al borde de la pasión, acariciándole los labios con suaves besos y deslizándose después por su cuello.

Katrina se sintió de maravilla, llena de un calor que pedía más.

—Deberíamos salir de aquí —empezó a decir ella y sintió que sus labios le acariciaban las sienes.

—Ajá...

Se inclinó a cerrar el grifo. Nicos le acercó una toalla y tomó otra para él.

La tentación de quedarse era enorme.

—Más tarde continuaremos —se prometió Nicos en voz alta.

La exposición tuvo lugar en una galería del centro. Entre los asistentes había varios artistas. Katrina se paseó entre los cuadros y se dirigió hacia uno que había captado su atención.

Había algo en la manera de utilizar los colores del artista que le recordaba a Monet. Era precioso, parecía la campiña francesa.

—¿Te gusta?

—Sí.

Quedaría precioso en su piso. O, incluso mejor, colgado de una pared de su oficina.

Siguió mirando los cuadros, consciente de que Nicos se había quedado hablando con unos de sus asociados.

—Querida Katrina. Parece que siempre nos invitan a los mismos eventos.

—¿Qué tal? —saludó ella a su hermanastro—. ¿Por qué será que no me sorprende verte aquí?

—Tengo contactos... —respondió él con una sonrisa—. Katrina tengo información muy valiosa para ti y estoy dispuesto a vendértela.

—No

—¿No? ¿Acaso no te interesa conocer algunas cosas sobre el hijo de Georgia?

Una garra fría le apretó el corazón.

—Eso ya es agua pasada.

—En su momento vendió muchas revistas.

—¿Hay algo que no harías por dinero? —le preguntó ella enfadada.

—Tengo un vicio muy caro, cariño —su sonrisa parecía la de un tiburón—. Poco importa si eres tú la que paga o las revistas.

—Vete al infierno.

—Tomo eso como «no».

—Como una negativa permanente a tus demandas, ahora o en cualquier momento en el futuro —respondió Nicos con un tomo muy peligroso—. Lárgate, Enrique. Si vuelves a molestar a Katrina, te denunciaré a la policía.

—¡No puedes amenazarme!

—Te estoy presentando una descripción de los hechos —su voz sonó dura—. Tú decides si los cumples o no.

Enrique le lanzó a Katrina una mirada cargada de odio.

—Me lo debes. Kevin me lo debe.

—El hostigamiento es un delito castigado por la ley —le recordó Nicos.

Enrique juró:

—Espero que los dos os pudráis en el infierno.

Se volvió y desapareció entre los demás invitados.

—Encantador.

—Desde luego —asintió Nicos.

En ese momento, uno de los invitados se les acercó. Katrina lo saludó formalmente y dejó a los dos hombres hablando.

—¿Desea tomar algo?

Katrina sonrió al camarero y tomó una copa de champán de la bandeja, después, siguió paseando entre los cuadros para volver al óleo que tanto le gustaba. Cuando llegó a su lado vio el discreto punto rojo que significaba que estaba vendido. La decepción la embargó y se reprochó no haber buscado al dueño de la galería para negociar un precio.

—Creo que ya hemos cumplido —le dijo Nicos acercándose a ella—. Nos marchamos.

Había unos cuantos conocidos entre los invitados y les llevó unos minutos saludarlos antes de poderse escapar.

—¿Tienes hambre?

Ella le lanzó una mirada solemne.

—¿Estamos hablando de comida?

–¿Has comido?

¿Comido? Ni siquiera había desayunado. Había subsistido todo el día con fruta y un sándwich que su secretaría le envió. Desde luego, los canapés de la galería no podían considerarse como una comida.

–No mucho –admitió, mientras el coche se dirigía hacia un restaurante de moda en Double Bay.

Durante toda la cena, Katrina estuvo plenamente consciente de él. La ropa elegante que llevaba no era más que un sofisticado envoltorio para un hombre primitivo; era evidente en la manera en que sus ojos irradiaban una fuerza innata, un poder que combinaba de manera drástica una violencia elemental y una voluntad indomable. Si a eso le añadíamos una sensualidad latente, el conjunto se convertía en algo letal, cautivador.

Rara vez lo había visto ejercer la fuerza o recurrir a la violencia, excepto la noche anterior. Se había comportado como un tigre en celo, recordó con un escalofrío.

–¿Tienes frío?

Ella llevaba un elegante traje pantalón y una blusa de seda.

–No.

Cuando acabaron la comida se pidieron café.

Eran más de las once cuando llegaron a casa.

Los acontecimientos de los últimos días estaban comenzando a surtir efecto y lo único que ella quería era quitarse la ropa y acostarse.

–Déjame hacer eso.

Katrina le lanzó una mirada de sorpresa cuando él empezó a desabrocharle la chaqueta. Después siguió la camisa, los pantalones y los zapatos. Ella murmuró una protesta cuando él continuó con la ropa interior.

–Nicos...

Él evitó que dijera nada poniéndole un dedo en los labios y ella permaneció de pie mientras él se deshacía de la ropa.

Con un ágil movimiento le pasó un brazo bajo las rodillas y la depositó con suavidad sobre la cama.

–¿Dónde estábamos?

Deslizó las manos hacia su cintura, exploró su monte de Venus y, finalmente, se introdujo entre sus piernas.

Unos sonidos que eran mitad gemidos mitad suspiros escaparon de los labios de Katrina mientras él la llevaba por el camino del éxtasis sensual.

La noche anterior, había sido con furia y sentía la necesidad de enmendar la intensidad de sus emociones y la pérdida de control.

«Esta noche es para ti».

Y la amó despacio, con tanta suavidad que, cuando se deslizó en su interior, ella estaba al borde de las lágrimas.

Después, la mantuvo en sus brazos, con los labios ocultos en su pelo, mientras ella se quedaba dormida.

Capítulo 11

NICOS ya se había marchado cuando Katrina entró en la cocina para prepararse el desayuno. Puso dos rebanadas de pan en la tostadora y se sirvió café. Agarró el periódico del día y lo puso todo en una bandeja para desayunar en la terraza.

El sol empezaba a calentar... era una mañana de primavera perfecta. En el jardín empezaban a brotar algunas florecillas y, dentro de poco, se llenaría de colores.

Paz y tranquilidad, se dijo Katrina respirando hondo. Le dio un mordisco a la tostada y un sorbo al apetitoso café y abrió el periódico.

Al llegar a la columna de sociedad, la paz interior se esfumó.

¿Qué prominente hombre de negocios, casado con una famosa heredera y recientemente reconciliado, ha sido salvado de una paternidad por un análisis de ADN? La treta urdida por una ex amante, para sacarle el dinero, ha fracasado gracias a los avances médicos.

«¿Nicos?» A Katrina se le hizo un nudo en el estómago. Después de la conversación mantenida con

Enrique el día anterior, el artículo contenía demasiadas coincidencias para que no fuera él.

Dios santo. Empezó a sentirse enferma por las implicaciones de esa noticia.

Miró hacia el paisaje, sin ver la preciosa vista, concentrada en imágenes del pasado. Los nueve meses transcurridos entre entonces y ahora pasaron en un segundo.

Sintió el dolor como si hubiera sido el día anterior. Georgia contándole que estaba embarazada de Nicos. La negación de él. Su incredulidad. Las discusiones. Los silencios. Todo seguido por su decisión de abandonarlo.

Como si estuviera viviendo a cámara lenta, agarró la bandeja y la llevó a la cocina. De manera automática, se vistió para ir a trabajar.

Llamó a la oficina para decir que llegaría tarde. Media hora después, entró en el elegante edificio donde estaban las oficinas de Nicos.

Su secretaria le anunció que su marido estaba en una reunión muy importante.

—Es urgente —se trataba de una necesidad imperiosa de saber la verdad.

—Me ha dado instrucciones precisas de que no lo moleste bajo ninguna concepto.

—Yo cargaré con la culpa —dijo ella con frialdad.

Vio que la secretaria dudaba un instante.

—Le diré que está aquí.

Levantó el auricular del teléfono para anunciar a Nicos la visita de su esposa y después colgó.

—La acompañaré al despacho del señor Kasoulis. Él irá para allá en unos minutos.

Katrina cruzó el suelo enmoquetado hacia el gran ventanal que había tras su escritorio. Estaba observando la actividad del puerto cuando el sonido de la puerta al abrirse la sorprendió.

–¿Qué pasa?

Katrina sintió que el nudo de su estómago crecía. Sacó de su bolsillo un trozo de periódico y se lo entregó a él.

–Lee esto.

Su rostro no mostró ningún cambio mientras leía el artículo. Después, lo arrugó y lo tiró a la papelera.

–¿Por esto me sacas de una reunión?

–Lo consideré importante.

Nicos le dedicó una mirada imposible de descifrar.

–¿Y no podía esperar hasta la noche?

–No.

–¿Quieres que te lo confirme?

–Sí.

–Déjame adivinar –empezó a decir Nicos, con indolencia–. Georgia confió en Enrique y este vendió la noticia a los periódicos.

–Sí –reiteró ella. Con los ojos brillando de furia contenida–. Maldito seas, me lo podías haber dicho tú mismo en lugar de esperar a que tuviera que enterarme por el periódico.

–¿Cuándo querías que te hubiera dicho que había obligado a Georgia a hacerse la prueba de paternidad? –preguntó con suavidad–. ¿Durante una de las fiestas sociales en las que coincidíamos? ¿Cuándo Kevin estaba muriéndose en le hospital? ¿Durante su funeral?

La mirada de Katrina se volvió más afilada.

–Tú sabias que Kevin había vuelto a redactar su testamento incorporando la nueva cláusula sobre el control de Macbride –su enfado empezó a alcanzar cotas muy elevadas.

–Sí.

–No tenías ningún derecho. ¿Y si la vida de Kevin no hubiera estado en peligro?

–¿Dudas de que te lo habría dicho?

No podía estar segura. Quería estarlo. Desesperadamente, con todo su corazón.

Nicos leyó la indecisión momentánea, el dolor y la intensidad de sus emociones. Pero esperó.

–¿Sabes lo que pasé cuando Georgia me vino a decir lo de su embarazo y que tú eras el padre?

–Recuerdo que intenté convencerte de que mi relación con Georgia había acabado mucho antes de haberte conocido.

Pero ella no lo había creído.

–Tienes que reconocer que todas las evidencias estaban en tu contra; Georgia me dio fechas que coincidían con tus ausencias.

–Aunque hubiera habido alguna verdad en ello, ¿crees que habría sido tan idiota como para no utilizar protección?

–Las protecciones a veces se rompen.

A Nicos le apetecía romperle el cuello.

–Te di mi palabra. Debería haberte bastado.

Kevin confió en él. ¿Por qué no lo había hecho ella?

«Porque Georgia había jugado con mucha astucia», reconoció en silencio. La sorpresa, la incredulidad y la furia habían hecho el resto.

–¿Qué esperabas, Nicos? ¡Me sentía como si me hubieran arrancado el corazón!

–¿Pensaste en mí en algún momento? ¿Has intentado golpearte alguna vez la cabeza contra un muro?

Ella se quedó sin palabras.

–¿Sabes el tiempo que me ha llevado demostrar mi inocencia? ¿Cuántas batallas legales he tenido que luchar para que Georgia se hiciera la prueba del ADN? ¿Cómo el sistema legal me obligó a esperar a que el niño hubiera nacido?

–¿Desde cuándo sabes los resultados de la prueba?

–Desde ayer por la tarde. La intención de Georgia era cargarme con una manutención para su hijo. No le importaba a quién se llevaba por delante o a quién hacía daño. –sus ojos eran oscuros y su mirada inflexible–. Parece ser que el padre del niño es un vividor que vive por encima de sus posibilidades. Lo planearon todo juntos.

Las facciones de ella mostraban todas sus emociones.

–¿Crees que pensaba dejar alguna piedra sin remover? Tengo copias de resultados judiciales, informes de detectives privados y, ahora, el resultado de la prueba del ADN –explicó Nicos.

Nueve meses de angustia, de sueños rotos, de noches de soledad. Cada uno de ellos había experimentado su propio infierno a causa de una mujer cuya incapacidad para dejar marchar a su amante había dañado sus vidas y casi arruina su matrimonio.

Solo pensar lo cerca que había estado Georgia de conseguir sus planes...

–Te debo una disculpa –dijo con la voz entrecortada.

–¿Me estás ofreciendo una?

–Sí, ¡maldita sea! –no pensaba llorar; eso sería la última humillación. Su barbilla tembló mientras luchaba por mantener el control–. Tienes razón, este no es el lugar para hablar de esto.

Se giró hacia la puerta y dio dos pasos, pero, rápidamente, él la agarró del brazo y la atrajo hacia sí.

–¡Ah, no! –dijo con una suavidad letal–. Esta vez no te vas a escapar.

Sus ojos brillaban con las lágrimas contenidas.

–¿Qué quieres?

–Me acusaste de utilizar el testamento de Kevin... Necesitaba esa oportunidad para reparar lo que Georgina había roto. Necesitaba demostrarte que lo que compartíamos era demasiado especial para dejarlo pasar.

Soltó su brazo y volvió a meter las manos en los bolsillos de los pantalones.

–Necesitaba que vieras, que sintieras, que tú eras la única mujer de mi vida. Cada vez que estábamos juntos, tenías que saber que era un acto de amor. No solo deseo físico o sexo.

Dios santo, tenía que haberlo sentido.

–Excepto una vez –reveló con tormento–. El día que te fui a buscar al hotel. Estaba tan enfadado por el retraso legal... Cuando llegué a casa y descubrí que te habías ido casi me vuelvo loco. Después, al atacarme abiertamente perdí el control y te traté mal.

–No me sentí maltratada; pero me abrumaste –le corrigió Katrina–. Siempre habías controlado tus

emociones. Cuando mostraste esa pasión descontro-
lada me asustaste –añadió. Ya no quedaba nada; ni
siquiera orgullo–. Te quería tanto –eso era todo lo
que tenía: palabras. Sin embargo, provenían de lo
más profundo de su alma.

Algo se movió en los ojos de él.

–¿Y ahora?

–Nunca cambió –admitió con sencillez.

–Gracias.

Él sabía lo que le estaba costando decirlo. Tocó
sus labios con los dedos y sintió cómo temblaban.

–¿Tan duro fue? –preguntó con una débil sonrisa.

–Sí.

Los dedos le recorrieron el cuello y después se
deslizaron hacia la nuca.

La boca de Katrina era dulce y trémula bajo la
suya y él la saboreó con una pasión intensa en la que
no cabía la duda.

Sintió el gemido que escapaba de su garganta y la
apretó contra él hasta que la suavidad de su cuerpo
se fundió con la dureza del suyo.

Le recorrió la espalda con las manos, le acarició
los glúteos, los muslos... hasta que encontró el borde
de la falda.

El calor de su piel lo volvió loco y lo único en lo
que podía pensar era en arrancarle la ropa, en des-
prenderse de la suya y tomarla allí mismo, sin tener
en cuenta el momento ni el lugar.

Exploró su húmeda intimidad y la acarició con
manos expertas hasta volverla loca.

Era más de lo que ella podía aguantar. Con manos temblorosas, le desabrochó los botones de la ca-

misa, encontró la piel que tan desesperadamente ansiaba tocar.

Katrina se perdió en él y apenas se dio cuenta de que él había dejado de besarla hasta que registró el sonido insistente del teléfono.

–¿Sí? –su voz sonó inflexible.

Ella dio un paso hacia atrás, pero él la rodeó con fuerza por la cintura y la atrajo hacia sí. No dejó de mirarla, mientras, ella se percataba del estado de sus trajes, normalmente inmaculados.

–Posponla, por favor. Para mañana por la tarde.

Katrina no se podía imaginar la respuesta de su secretaria.

–Me importa un bledo la excusa que les des.

Nicos se quedó escuchando algo y después colgó.

–El trato es más importante para ellos que para mí. Aceptarán.

Katrina intentó calmarse, pero no lo consiguió.

–Debería irme.

–Los dos nos vamos a ir –aclaró él mientras le acariciaba los pechos, lentamente.

Después, con desgana, le abrochó los botones de la blusa. Abotonó su propia camisa y se la metió por dentro de los pantalones.

Su boca se curvó en una sonrisa.

–A algún sitio. Donde no nos interrumpan.

–Pero, tienes una reunión importante...

–Acabo de cancelarla.

Una chispa de humor escapó de sus ojos.

–Ya lo he oído.

Él le dio un beso rápido, un beso evocativo que le supo a muy poco.

Katrina observó a Nicos conducir entre el tráfico. Consciente de él a niveles exagerados. Su aroma masculino, el suave perfume de su colonia...

Poseía una sexualidad que la embriagaba.

—¿Un hotel?

—¿No querrás asustar a Sofia y Andre?

—No; claro que no —respondió riéndose.

Le dejaron el coche al portero del hotel y Katrina admiró el lujoso vestíbulo, mientras Nicos se registraba.

¿Podrían sentir las otras personas la pasión latente?

Todavía había muchas cosas que quería decirle, pero podían esperar. Lo que deseaban él uno del otro en ese momento era más urgente.

Nicos colgó el cartel de «no molestar» en la puerta y la cerró.

Sus bocas se besaron con avidez mientras se desvestían con rapidez hasta sentir la piel contra la piel.

Calor y pasión, deseo y hambre. Una necesidad salvaje y urgente.

Era el lenguaje silencioso de dos amantes.

Él la tomó es sus brazos y se deslizó en su interior. Mientras besaba y mordisqueaba su pecho arrancándole gritos de piedad.

Fue un acto tumultuoso. A ella se le cortaba la respiración cuando él la penetraba hasta el fondo y solo se retiraba para volverse a deslizarse al interior. Movimientos largos y lentos para maximizar el placer. Ella sintió el momento en el que él iba a perder el control y se unió a él. El suave gemido de su marido se escuchó junto al de ella en un clímax que los dejó a los dos temblorosos.

Él siguió abrazándola, acariciando su piel mientras sus respiraciones se tranquilizaban.

Después la llevó al baño. Llenó el jacuzzi y la dejó allí mientras iba al frigorífico por champán.

—Gracias por todo.

—Eres mía y tenía que demostrártelo —dijo Nicos con suavidad—. Ninguna otra mujer se parece a ti.

Le dolía enormemente que hubiera dudado de él. Pero sabía que las evidencias habían sido contundentes y Georgina había sido muy persuasiva. Pero ahora era él el que tenía las pruebas.

Pidieron que les sirvieran la comida en la habitación.

Después de una comida apetitosa regada con champán, Katrina le tomó de la mano y la acercó hacia ella.

—¿Qué planes tienes para esta noche?

—Podíamos ir a casa —dijo él con una sonrisa.

—Hum —ella se quedó pensando, como considerando las posibilidades—. ¿Por qué no vamos a una discoteca?

Así que quería jugar...

—O podemos ir al cine.

Katrina metió un dedo en su copa de champán y lo deslizó por el escote de su albornoz.

—Aunque, sería una pena desperdiciar la habitación.

—Una pena.

A la mañana siguiente Nicos la llevó a la oficina.

—Hasta la noche —se despidió Katrina con voz melosa.

Él se quedó mirando cómo desaparecía por la puerta giratoria del edificio, después se dirigió a su despacho.

Había un lugar en las islas griegas donde el sol acariciaba las aguas cristalinas, los viñedos crecían en las laderas y los pueblos blancos salpicaban el paisaje. Sintió la necesidad de llevarla allí, para relajarse y disfrutar de los placeres de la vida. Le diría a su secretaria que le organizara el viaje.

Al otro lado de la ciudad, Katrina miraba el paquete rectangular que acababan de entregarle. Desenvolvió el embalaje y descubrió el cuadro que tanto le había gustado en la galería.

Agarró el teléfono y llamó a Nicos.

—Gracias. Es precioso.

—Un placer.

Su voz suave y aterciopelada hizo que un escalofrío le recorriera todo el cuerpo.

Mas tarde, recibió otro regalo.

Katrina desenvolvió la caja de la floristería y descubrió una caja con una sola rosa roja sobre un pañuelo de seda blanca. La tarjeta decía: *Katrina, agape mou. Nicos.*

«Amor mío». Se llevó la rosa a la cara para saborear la textura aterciopelada de los pétalos e inhalar el delicado perfume.

Cuando llegó a casa esa noche, Nicos la llevó al estudio y le puso un diamante en el dedo.

—La eternidad es nuestra —le dijo con ternura, observando como sus preciosos ojos verdes brillaban de emoción–. Todavía hay otra cosa –abrió un cajón del escritorio y le entregó un documento–. Léelo.

Se trataba de un documento legal, en el que le regalaba la tercera parte de Macbride que Kevin le había asignado en su testamento.

–Siempre ha sido tuyo –admitió Nicos–; pero ahora es legal.

Ella se quedó sin palabras y se limpió las lágrimas que habían inundado sus ojos.

–Te quiero –dijo con voz trémula, con palabras que provenían directamente del corazón–. Siempre te he querido.

Nicos levantó las dos manos y le limpió las mejillas.

–Lo sé.

La besó con pasión y después la subió en brazos al dormitorio.

Capítulo 12

KATRINA se dio la vuelta para permitir que el cálido sol del Egeo le acariciara la espalda. Unas gafas oscuras protegían sus ojos y un sombrero de paja, la cabeza.

Nicos había hecho unas cuantas llamadas de teléfono para delegar el trabajo, reservar un vuelo para Atenas y organizar el alquiler de ese elegante velero.

Ya llevaban allí una semana. Los días habían transcurrido perezosos y las noches llenas de amor.

Idílico, pensó Katrina cerrando los ojos y dejando volar la mente.

Todas las dudas y las inseguridades habían desaparecido. Una prueba de fuego, pensó, pestañeando cuando la imagen de Georgia apareció con viveza en su mente.

—No hagas eso —la previno Nicos con suavidad.

Estaban tan unidos que podía sentir la menor tensión. Le acarició la espalda para tranquilizarla.

La piel de Katrina se estaba comenzando a dorar con el sol de primaveral y su textura seguía siendo tan sedosa como siempre. Nicos se permitió el placer de acariciarla lentamente, incluso se atrevió a aventurarse bajo la línea del biquini.

El ligero cambio en la respiración de ella le provocó una sonrisa y lo animó a seguir con la caricia, observando la manera en la que ella apretaba los músculos. Después se inclino para besarla.

–Vas a escandalizar a los griegos –dijo ella dándose la vuelta.

–No hay nadie a la vista.

–Prismáticos, paparazzis, cámaras de gran alcance... –le recordó indolente.

Pero él tenía la habilidad de hacerla arder en llamas en pocos segundos.

–¿No quieres? –preguntó él acariciándola peligrosamente.

–¿Hablas en serio? –rio ella.

Él le respondió con una mirada de lobo hambriento.

–¿Necesitas pensártelo? –preguntó presionando un punto demasiado sensible de la anatomía de ella.

–No juegues conmigo –advirtió ella amenazadora.

Su protesta fue silenciada cuando la boca de él tomó posesión de la de ella con un beso que prometía una posesión inminente.

Cuando él levantó la cabeza ella recorrió con su lengua la comisura de sus labios.

–Trato hecho.

Él se colocó encima de ella y se introdujo lentamente. Tenían todo el tiempo del mundo y quería saborear cada instante.

Ella le pertenecía. Eso era lo más importante del mundo. Se lo dijo en un griego gutural, después en inglés y los ojos de ella se humedecieron de la emoción.

Ella vio en sus ojos el amor incondicional. Más allá de las fronteras. Amor verdadero para siempre. Era un regalo infinitamente precioso que quería conservar para el resto de su vida.

–Prométeme algo –le pidió Katrina.

–Lo que tú quieras.

–Que vamos a hacer que cada día sea especial.

–Trato hecho.

–Una cosa más –dijo dándole un beso en la cara–. Tienes mi amor y mi confianza. Para siempre.

–Y tú tienes el mío, *agape mou* –susurró él y se dedicó a mostrarle las profundidades de una pasión que superaba cualquier cosa que hubieran compartido con anterioridad.

Acepte 2 de nuestras mejores novelas de amor GRATIS

¡Y reciba un regalo sorpresa!

Oferta especial de tiempo limitado

Rellene el cupón y envíelo a
Harlequin Reader Service®
3010 Walden Ave.
P.O. Box 1867
Buffalo, N.Y. 14240-1867

¡Sí! Por favor, envíenme 2 novelas de amor de Harlequin (1 Bianca® y 1 Deseo®) gratis, más el regalo sorpresa. Luego remítanme 4 novelas nuevas todos los meses, las cuales recibiré mucho antes de que aparezcan en librerías, y factúrenme al bajo precio de $2,99 cada una, más $0,25 por envío e impuesto de ventas, si corresponde*. Este es el precio total, y es un ahorro de más del 10% sobre el precio de portada. !Una oferta excelente! Entiendo que el hecho de aceptar estos libros y el regalo no me obliga en forma alguna a la compra de libros adicionales. Y también que puedo devolver cualquier envío y cancelar en cualquier momento. Aún si decido no comprar ningún otro libro de Harlequin, los 2 libros gratis y el regalo sorpresa son míos para siempre.

416 BPA CESL

Nombre y apellido	(Por favor, letra de molde)
Dirección	Apartamento No.
Ciudad	Estado	Zona postal

Esta oferta se limita a un pedido por hogar y no está disponible para los subscriptores actuales de Deseo® y Bianca®.
*Los términos y precios quedan sujetos a cambios sin aviso previo.
Impuestos de ventas aplican en N.Y.

SPB-198 ©1997 Harlequin Enterprises Limited

Bianca®...
la seducción y fascinación del romance

No te pierdas las emociones que te brindan los títulos de Harlequin® Bianca®.

¡Pídelos ya! Y recibe un descuento especial por la orden de dos o más títulos.

HB#33547	UNA PAREJA DE TRES	$3.50	☐
HB#33549	LA NOVIA DEL SÁBADO	$3.50	☐
HB#33550	MENSAJE DE AMOR	$3.50	☐
HB#33553	MÁS QUE AMANTE	$3.50	☐
HB#33555	EN EL DÍA DE LOS ENAMORADOS	$3.50	☐

(cantidades disponibles limitadas en algunos títulos)

CANTIDAD TOTAL	$ _____
DESCUENTO: 10% PARA 2 Ó MÁS TÍTULOS	$ _____
GASTOS DE CORREOS Y MANIPULACIÓN	$ _____
(1$ por 1 libro, 50 centavos por cada libro adicional)	
IMPUESTOS*	$ _____
<u>TOTAL A PAGAR</u>	$ _____

(Cheque o money order—rogamos no enviar dinero en efectivo)

Para hacer el pedido, rellene y envíe este impreso con su nombre, dirección y zip code junto con un cheque o money order por el importe total arriba mencionado, a nombre de Harlequin Bianca, 3010 Walden Avenue, P.O. Box 9077, Buffalo, NY 14269-9047.

Nombre: _____

Dirección: _____ Ciudad: _____

Estado: _____ Zip Code: _____

Nº de cuenta (si fuera necesario):_____

*Los residentes en Nueva York deben añadir los impuestos locales.

Harlequin Bianca®

CBBIA

Reece Callahan iba a publicar en uno de sus periódicos un escándalo que implicaba al padrastro de Lauren Courtney... a menos que ella accediese a fingir que era su amante durante una semana.

Lauren estaba dispuesta a pagar ese precio por proteger la reputación de su adorado padrastro. Después de todo, no le estaba resultando tan difícil, ya que solo tenía que asistir a sofisticados actos sociales, y pasar las veinticuatro horas del día con Reece no era en absoluto desagradable; lo cierto era que se trataba de un tipo guapísimo. De hecho, cuanto más tiempo pasaba junto a él, más difícil le resultaba resistirse a la tentación de convertirse en su amante... ¡de verdad!

Una semana de amor

Sandra Field

PÍDELO EN TU PUNTO DE VENTA

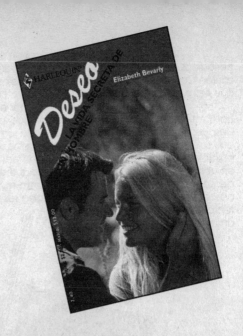

Estaba claro que Winona Thornbury había nacido en el siglo equivocado; su idea del amor estaba tan anticuada como su indumentaria. Ningún hombre había conseguido jamás que se dejara llevar por la pasión... hasta que se encontró con aquel misterioso desconocido que le provocaba el deseo de arrancarse la ropa y olvidarse de qué era «lo correcto».

Pero Connor Monahan no era el tipo de hombre que aparentaba ser. Era un policía de incógnito que creía estar vigilando a una prostituta, sin embargo la mezcla de inocencia y sensualidad de aquella joven estaba haciendo que le resultara muy difícil mantener la cabeza en el caso... y las manos lejos de la sospechosa...

PÍDELO EN TU PUNTO DE VENTA